# 星界的纹章 Ⅱ

星界の紋章 ささやかな戦い

## 微型战争

[日] 森冈浩之————著　果露怡————译

新星出版社　NEW STAR PRESS

CREST OF THE STARS 2 © 1996 Hiroyuki Morioka
This book is published by arrangement with Hayakawa Publishing Corporation through Bardon-Chinese Creative Agency Ltd.
CREST OF THE STARS 2 edition copyright:
2022 Chengdu Eight Light Minutes Culture Communication Co., Ltd.
All rights reserved.
著作版权合同登记号：01-2022-2015

图书在版编目（CIP）数据

星界的纹章. Ⅱ，微型战争 ／（日）森冈浩之著；果露怡译. —— 北京：新星出版社，2022.8
ISBN 978-7-5133-4915-4

Ⅰ．①星… Ⅱ．①森… ②果… Ⅲ．①幻想小说-日本-现代 Ⅳ．①I313.45

中国版本图书馆CIP数据核字(2022)第064820号

## 光分科幻文库

**星界的纹章 Ⅱ：微型战争**

[日] 森冈浩之 著；果露怡 译

| 责任编辑： | 杨 猛 |
| --- | --- |
| 监 制： | 黄 艳 |
| 特约编辑： | 罗超群 姚 雪 |
| 责任印制： | 李珊珊 |

| 出版发行： | 新星出版社 |
| --- | --- |
| 出 版 人： | 马汝军 |
| 社 址： | 北京市西城区车公庄大街丙3号楼 100044 |
| 网 址： | www.newstarpress.com |
| 电 话： | 010-88310888 |
| 传 真： | 010-65270449 |
| 法律顾问： | 北京市岳成律师事务所 |

| 读者服务： | 010-88310811  service@newstarpress.com |
| --- | --- |
| 邮购地址： | 北京市西城区车公庄大街丙3号楼 100044 |

| 印 刷： | 北京天恒嘉业印刷有限公司 |
| --- | --- |
| 开 本： | 780mm×1092mm  1/32 |
| 印 张： | 9.5 |
| 字 数： | 173千字 |
| 版 次： | 2022年8月第一版  2022年8月第一次印刷 |
| 书 号： | ISBN 978-7-5133-4915-4 |
| 定 价： | 48.00元 |

版权专有，侵权必究；如有质量问题，请与印刷厂联系更换。

何为亚维？

亚维乃机器的零件。对他们而言，了女仅仅是用于交换的部件。在自身磨损前，将功能传承给下一代。

那么，这部机器又是何物？

这是一部巨大且邪恶的机器，名曰"亚维人类帝国"。这部邪恶的机器时刻威胁着健全的人类社会，假如容忍其存在，人类社会迟早会被整个吞噬。

必须将其彻底摧毁！

——摘自"人类统合体"中央评议会议员费兹达比多的演讲

# 《星界的纹章Ⅰ》前情提要

　　某天，杰特从小生活的行星遭到亚维舰队进犯。面对亚维提出的全面投降要求，杰特的父亲，行星政府主席洛兑，以成为贵族作为交换条件，接受了亚维的统治。就这样，原本是地上人的杰特成为贵族。为了加入亚维的星际帝国，他登上了前往亚维帝都的宇宙战舰。然而，战舰意外遭遇敌方舰队袭击，杰特及同船的拉斐尔公主受命搭乘联络艇逃往附近的史法格诺夫侯国。二人半途停靠费布达修男爵领地补充燃料，不料却被困于此。

# 出场人物

杰特——马汀行星政府主席之子
拉斐尔 ——亚维帝国星界军翔士修技生,皇帝的孙女
克罗华尔——费布达修男爵领地的统治者
斯鲁夫——克罗华尔的父亲,前任费布达修男爵
赛尔奈——费布达修男爵的家臣
恩特琉亚——卢努·比加市警局犯罪搜查部警部
凯特——"人类统合体"维持和平军宪兵大尉
拉玛珠——亚维帝国皇帝

# 目 录

| | |
|---|---|
| 男爵公馆家政室 | 1 |
| 亚维的作风 | 27 |
| 微型战争 | 55 |
| 踏上旅途的人们 | 75 |
| 史法格诺夫之门 | 85 |
| 史法格诺夫侯国 | 113 |
| 卢努·比加市 | 137 |
| 拉斐尔的变身 | 151 |
| 于帝宫 | 177 |
| 盘 查 | 197 |
| 协助请求 | 211 |
| 亚维的历史 | 227 |
| 发现悬浮车 | 247 |
| 战士们 | 259 |
| 附录：亚维的度量衡 | 285 |
| 后记 | 287 |

星界的纹章 Ⅱ

# 1

男爵公馆家政室

这一年，是费布达修男爵领地历法的一百三十六年。不过，由于男爵公馆的公转周期很短，男爵领地的一年只相当于三分之一个标准年。

可以说，这个国家还极其年轻。

没错，即便费布达修男爵领地的人口数仅仅五十出头，仍是一个独立的国家。

男爵领地虽然也是帝国的一部分，不过甚少受中央动向影响，独自构筑着自己的历史。日子过得波澜不惊，但也颇为乏味。

然而，仅仅两名来访者，却即将打破男爵领地的平静。

机缘巧合之下，来访者之一的凌·苏努·洛克·海德伯爵公子·杰特，不得不与前任男爵成了室友。

"喏，就是那儿，"前任费布达修男爵指着大理石制成的厚重门扉，"你就是从那儿被搬来的。"

"当时是什么情况？"杰特问道。

"嗯，当时我正在专心冥想。我一天的大部分时间都是这么过的，还有酒瓶为伴。这时候，竟然响起了开门声，要知道我都二十年没听过这声音了。我哪里还顾得上给自己办'葬礼'，就赶紧凑过去看热闹。结果呢，只见你躺在自动担架上，静悄悄地登场了。"

"只有我和自动担架？"

"啊，自动担架的对面——也就是外面的走廊上，站着两名家臣，还拿着枪。不过她们毕竟不敢把枪口对着我这个前任男爵，总之是手里有枪。不知怎么的，我从来都不喜欢有人当面拿着武器，这让我很不放心。当时我心里很不舒服，就一个劲地盯着自动担架，结果那玩意儿径直停到了我跟前。可是呢，家臣动也不动，话也不说。她们看起来是想让我做些什么，却偏不说出口，保密工作够彻底啊！"

"然后呢？"杰特催问道。

"嗯，我猜呢，她们大概是想让我解除你跟自动担架的关系，只好拼着这把老骨头把你放到了地上。紧接着，自动担架退场，门也关上了。从头到尾，我那不肖子的家臣话也没说动也没动。说不定啊，她们现在还站在门对面呢。可真够'亲切'的。"

"我当时没有意识是吧？"必须时不时帮老人插上正确的路标，否则不知道他会离题几万里。

"嗯，没意识，一开始我还以为是个死人。我那不肖子早就在盘算，等我一死就直接把这儿当成太平间，所以我还以为他是弄错了先后顺序。不过嘛，你浑身抽搐，一看就知道还有气儿，跟那两位家臣一样，实在让人很有亲切感。于是，我又拼着这把老骨头，把你搬到了床上。本指望你睡一觉起来人品能有所变化，结果呢，你刚睁眼就一把揪住我的前襟，大呼小叫质问我有什么企图，简直就像母猫撞见了拐骗小猫的现场……"

"我并没有揪过你的前襟,也没大呼小叫。"杰特回忆起来。

"这只是形容一下当时我有多惊讶。我都拼了两把老骨头,换来的却是责备,实在不划算。"

"抱歉。"杰特心想,当时那种状况,他的反应应该称得上冷静才对,不过他还是道了歉。

"很好,少年,这份坦率是你的财富。"前任男爵称赞完,带他参观起监禁区域剩下的地方。

整个区域不同于"哥斯罗斯号"巡察舰的内部,没什么好欣赏的,三两下就看完了。

监禁区域里,除了盥洗间、浴室、厨房、自动机器的修补场兼仓库,还有五个房间。构造上,就是一圈走廊环绕着中央的小庭院,各个房间分布在周围。

"连扇窗户都没有。"杰特参观完最后一个起居室,不禁嘀咕。他还盘算着把窗户当成备选的逃脱路线。

"这是当然。"前任男爵说道,"而且周围全是培育牧场,就算有窗户,也别指望能看到多暖心的风景。如果你喜欢欣赏在培养槽里生长的生肉,那你小时候肯定有过极其可怕的经历。"

"不,我没有任何去看生肉的念头。"杰特回答的同时担心起来,这位老人该不会已经忘了逃脱计划了吧?

"在宇宙空间里,这个可比窗户实用多了。"

前任男爵在房间一角不知做了什么操作，起居室的墙壁上出现了地上世界的风景。

皑皑白雪装点着巍峨高山。房间被设置在与山顶相同的高度，靠近墙边一看，正好俯视高山周围的群峰。山峦之间，流云悠悠。

再往上望，万里晴空仿佛延续到银河尽头。

"太厉害了。"杰特感叹不已，暂时也不急着催前任男爵回到正题。

"不至于吧，这种随处可见的装置有什么好惊奇的，你到底是从什么穷乡僻壤来的？"

"你误会了，"杰特有些恼火，"我不是佩服装置，是被风景震撼了。"

"这样啊，抱歉咯。"前任男爵的道歉听起来毫无诚意。

"不过，这片风景似乎有些不自然？这种景象必须从平流层以外观察，云层才会这么低，可是在那种高度应该看不到蓝天。"

"你能注意到这种问题，不愧是地上世界出身的。亚维在这些方面确实多少带些幻想色彩。"

"这么说，这是亚维的幻想艺术？"

"影像创作家迪尔比赛克斯，他活跃于帝国建立以前，最出名的是对地上世界的风景进行写实性的再创作。"

"星际流浪时代的创作家？"

"没错。"

"那确实情有可原。"

当时亚维漂泊于各个殖民地之间，靠贸易为生，当然不熟悉地上世界的自然环境，这也怪不得他们。

"迪尔比赛克斯把这个作品命名为《高山》，太直白，缺乏艺术性。换成我，肯定要另外起个名字。"前任男爵说道，"比方说，《亚维的骄傲》。"

"亚维的骄傲？"

"我想，再没有比这片风景更能诠释亚维的骄傲了。"老人解说起来，"自己的高尚自己理解就好，不需要广而告之，更用不着别人来教。无论所处的位置多么谦恭，只需要知道自己比任何人都高贵就行，甚至比皇帝陛下还要有派头。只要清楚这一点，哪怕遇到再傲慢的家伙，也只会把他们当成自己的陪衬。实际上，反而是跟毫无尊严的人打交道，才让亚维无所适从。其实，不仅仅是亚维，任何人都应当懂得自尊。"

前任男爵在起居室里来回踱起步来。

"可是呢，我那个不肖子似乎根本没有这方面的追求！他不但不居于高峰，甚至连山脚都不愿靠近，还在周围挖起深沟。然后呢，自己站到比深沟高一些的地方，就心满意足了。虽然我从遗传性状上的确是地上人，可是精神上远比那个糊涂虫更像亚维。"

杰特曾在渥拉修伯国的动物园里见过一次熊这种生物。起初，熊只是不高兴地在笼子里踱步。可是，在杰特的凝视下，熊突然莫名其妙地大发雷霆，愤怒地撞击起隔在人和自己之间的强化玻璃。当然，受伤的只有熊的獠牙和尖爪，可那番景象后来频频出现在杰特的噩梦里，让他一次次一身冷汗地惊醒过来。

前任男爵现在的模样就是那头熊的翻版，并且，两人之间没有任何隔断。

"不好意思，前男爵阁下，"杰特小心翼翼地搭起话，"我们是不是可以开始讨论逃脱方案了？"

"啊，没错。"前任男爵有些疲惫地坐到长椅上，"总之，你要记住这句话，少年。对亚维来说，最重要的是教导子女'高尚的精神'。不过，并不是非要口头传授。这就跟传染病一样，接触多了，自然而然就会感染给他人。很遗憾，我并不具备真正的尊严，只好摸索着去了解亚维的骄傲，通过语言去教导我那不肖子，结果就是这种下场。首先，自己要有高尚的精神。这样一来，举手投足都会透露出高贵。你的子女看了，自然就会懂得亚维的骄傲。"

"谨记于心。"也许这确实是条有用的建议，前提是他能有那一天。

"好了，来策划阴谋吧。你有什么逃出去的点子？"

"能把这面墙打穿吗？"杰特轻轻敲了敲墙壁，墙上映着迪尔比赛克斯创作的《高山》。前任男爵虽然没有侍从，但有很多自动机器供他使唤，或许能拿出一台，想办法破坏墙壁。

"即便能打穿，我还是要劝你放弃。首先，怎么躲开培养牧场的盘问系统就是个难关。"

"原来如此。"杰特本来就没抱多少期待，倒也不怎么失望。"那你这里是怎么补充食品的？也是从那扇门吗？"

"不，"前任男爵摇摇头，"厨房里不是有个直接嵌进墙里的大冰箱吗？那是双重构造。每十天，冰箱的整个内胆会经专用通道运送出去，装满新鲜的食物和日用品再返回来。就是这样补给的。"

"能不能藏到内胆里？"

"很不巧，昨天才刚来了一次，就算吃饭的嘴翻了一倍，估计也不会马上又补充。要不你先等几天？"

杰特拼命摇头，"那咱们能移动它吗？"

"那肯定不行，"前任男爵带着莫名的炫耀，"要知道我可是被囚禁了。"

"那就干脆把内胆拆了，或者破坏掉，走专用通道……"

"少年，你这可算不上好主意，因为通道对面也有门，保不准要费了牛劲才能打开。犬子疑心很重，说不定时刻都在戒备吃剩下的冻虾逃走。反正我不会在这种地方下赌注。你就没有更像样些的点子吗？"

"对了,"杰特打了个响指,"垃圾投放口呢?从那儿滑下去……"

"如果我没记错,通道中装着粉碎机。等你抵达垃圾场,恐怕已经破破烂烂,能不能站稳走路都成问题,估计你也没力气再做别的事了。"

"唔。"杰特抱起头,"你就没什么办法吗?你应该也想过怎么从这里逃出去吧?"

"当然想过,这可是打发时间的好办法。你出的主意,我全都考虑过,所以才能立刻指出存在的问题。"

"我正这么怀疑呢。"杰特抄起手,"那如果遇到非常情况怎么办?"

"是指我生病吗?应该只能用通话器叫人过来吧。不过至今还没遇到这种情况。"

"唉,你早说有通话器啊!"杰特心里燃起一丝希望,不过立刻又被浇灭了,"对哦,是那个只能接通家政室的通话器……"

"没错,恐怕联系不上公主殿下。我基本都是用它来抱怨对食材的不满。"

"那、那我们谁来装个病,或者放把火……"

"少年啊,亏我还对年轻鲜活的灵魂抱有期待啊。"

"行不通吗?"

"行不通。我的身体出乎意料的健康,至今也没生过像样的病。而你刚来，我就病倒了。犬子的确有很多缺陷，可是脑瓜并不笨，肯定会加以防备。"

"那我来装？我看起来就体弱多病……"

"呵，难道他会关心你的生死？"

这句话的确切中要害，杰特整个人都阴沉起来。

"说不定，他巴不得我也赶紧一命呜呼了。"前任男爵彻底粉碎了杰特的希望。

"那放火也没用了……"

"是啊。"前任男爵用力颔首。

杰特走进了死胡同，再也想不出任何主意。他打算换个思路，看能不能另想办法。

"失陪一下。"杰特跟前任男爵告罪一声，出了回廊。

他眺望着庭院里的花草，绕着水池走了一圈。

水池正中央有个圆形的小岛，估计最多只能站十个人。水面上架着白色的拱桥，看起来很像模型。杰特想看看水池里有没有生物，可是目之所及并没有东西活动。

杰特想不出好点子，水池也没什么可看的。

他又望向头顶。建筑顶部呈半圆形，最高处距离地面约有五百达珠[1]，涂着天空的颜色。

仔细一看，半圆的顶端隐约可见一圈圆形的细线，简直

---

[1]. 达珠，作者自创的亚维世界计量方式，1达珠=1厘米。

就像关闭起来的出入口。

"前男爵阁下！"杰特叫着起居室里的老人。

"怎么了？"前任男爵来到杰特身旁。

"那是什么？"杰特指着顶部的圆圈，"看，就是那个像艚口样的东西。"

"啊，你说那里吗？"前任男爵点点头，"是通往码头的圆门。"

"码头？可是这里并不属于宇宙港区域吧？"

"这儿原本是贵宾使用的候船大厅，在那里架着升降筒。"他指着池中的小岛。

这样说来，圆门看起来的确是在小岛的正上方。

"本意是让抵达的客人在这里休息放松，接触地上的大自然，我老妈相当喜欢这个创意。不过从来没有宾客大驾光临，结果就被我那不肖子改装了来囚禁我。具体来说，就是他撤走升降筒，拆了一半大厅，然后增设了房间。"

"那扇圆门还能用吗？"

"能啊，可以从内侧手动打开，但必须先破坏安全装置，不过并不是难事。说吧，你到底在打什么算盘？"

"那还用说！"杰特激动不已，"当然是从那扇圆门出去……"

"出去？那外面是宇宙，全是真空。"

杰特稍事沉默，"那就顺着男爵公馆的屋顶，只要能抵达联络艇就行。先进联络艇，然后再去官邸……"

前任男爵的眼中充满怜悯，"这里没有加压服。难道说，在我闲得发慌的这段时间里，亚维已经给宇宙充满空气了？"

"可、可是，"杰特还不死心，"我听说，即便是在真空当中，人类也可以短时间存活……"

"你啊，知道联络艇停在哪里吗？"

"当然是在宇宙港……啊。"

"没错，"前任男爵循循善诱，"可我这儿距离宇宙港还有一段距离，哪怕是集人类的运气和体力于一身，你也不可能到达。"

"可是，说不定联络艇被系泊在很近的地方……"杰特拼命想抓住一丝希望，"我先出去侦察一下，如果就在附近……"

"很遗憾，这是不可能的。从前升降筒其实也是气闸室，如果现在打开圆门，区域内的空气就会泄漏。"

"立刻关上不就好了。"

"说什么傻话，别忘了空气泄漏时的气压。现在没有外部动力，只能手动，多半是关不上的。总之这个想法太依赖运气，我是不会去赌运气的，想必你也不喜欢赌吧？"

"确实。"杰特垂头丧气地坐到水池边，满心绝望。这样下去，难道真要遂了费布达修男爵的意，从此和这位老人和睦地生活下去吗？前任男爵的确很好相处，不过他可不想跟

13

老人过一辈子。

而且，还有拉斐尔。杰特十分担心她的安危。男爵但凡有一丝理性，应该都不会对帝国的公主动手。可是，一个有理性的人会阻碍正在执行任务的士兵吗？

"对啊，让联络艇和圆门对接不就好了？"像是在自言自语一样，杰特小声说道。

"说得没错，那个圆门本来就是用来跟船对接的。不过，你要怎么把船开过来？难道你拥有人类无法解释的神秘力量？"

"我正在想，麻烦别打岔！"杰特一时心烦地喊道，随后才回过神来看向前任男爵，"抱歉，我太激动了……"

"没什么。"老人十分温和，"反倒是我，一把岁数了还忍不住凑热闹。抱歉啊，少年，我知道这对你来说非常迫切。"

"是啊，事关重大。"杰特表示赞同。

"总之，还是把圆门放一放吧。还有其他想法吗？"


"不许动，"拉斐尔晃着凝集光枪[1]指向室内，"此处已被星界军占领！"

一旁的赛尔奈也端着枪。

---

1. 凝集光枪，星界军提供给军事人员的兵器。可以发射连贯的光线，杀伤力巨大。《星界的纹章Ⅰ：帝国公主》中，蕾克修拿了两把枪给杰特供二人防身。

家政室相当宽敞，其中一面墙壁映着以费布达修恒星为中心的风景，其他墙面上是时刻变化的数字和图形。室内并排着三列控制台，共有三名家臣。

"怎么了?!"看起来像是负责人的家臣惊愕地盯着闯入者，"公主殿下，还有赛尔奈。"

"举起手来，格蕾妲！"赛尔奈喊道。

"你这是在干什么?!"名叫格蕾妲的负责人迷茫地看着赛尔奈，有些摸不着头脑。

"我是帝国星界军的翔士修技生，亚布里艾尔·尼·杜布雷斯克·帕琉纽子爵·拉斐尔。"

"是的，我当然知道您是谁。"格蕾妲一脸困惑。

另外两人也面面相觑，继而不解地看向赛尔奈。这是闹哪出？难道是皇族在借此取乐？

再没有什么比这更扫兴了，难不成这些家臣也对事情一无所知？不过无论如何，拉斐尔已经不能回头。

拉斐尔鼓起险些受挫的斗志，大声宣告道："为了执行星界军任务，费布达修男爵公馆家政室已被我们占领。全员举起手，慢慢站起来！"

家臣们依言照做。

拉斐尔背靠墙壁，慢慢进入房间。说不定男爵会派遣武装力量前来干涉，必须时刻保持警惕。

赛尔奈第一次使用武器就显得相当熟练，始终寸步不离守护在拉斐尔身旁。

"公主殿下,"格蕾妲说道,"您为何要做这种事?如果有什么需求,直接吩咐我们就是了。"

"那你们听好了,我要求与前任男爵通话。不,你们直接释放他与海德伯爵公子即可。"

格蕾妲转眼绷紧了脸,"有禁令,凭我个人的意见做不了主。"

"那就说明我占领此处是正确的,家臣。"拉斐尔说道,"别管男爵的命令,立刻照办。"

"不准动,珂法丝比娅!"赛尔奈忽然尖叫着开了枪。

赛尔奈射出的光线完全偏离目标,击中了墙上费布达修恒星熊熊燃烧的影像。

"该死!"名叫珂法丝比娅的家臣从控制台下摸出武器,对准赛尔奈。

瞬间,拉斐尔就命中了珂法丝比娅的手。

"啊!"武器从她手中掉落。

赛尔奈立刻冲上前,捡起武器交给拉斐尔。

公主扫了一眼,看出这是把麻醉枪。

"如果还有别的武器,悉数交出。"拉斐尔给赛尔奈使了个眼色。

赛尔奈心领神会,让家臣们远离控制台,仔细检查起来。

"赛尔奈,这到底是怎么了?!"其中一名家臣向赛尔奈问道。

"阿尔萨,是这样……"赛尔奈似乎和她关系很好,兴冲冲地解说起来。

"抓紧时间。"拉斐尔催促了一声,但枪口始终对着格蕾姐。

"您是认真的吗?公主殿下。"格蕾姐难以置信地睁大了眼。

"我不知谣言是怎样描述亚布里艾尔的,"拉斐尔道,"但我不会为了取乐对人开枪。"

"原来如此。"格蕾姐一声叹息,"好吧,公主殿下。可是,我的确没有办法打开隐居区域的门。"

"你确定?"

"这是实话。没有主君许可,即便是家政室也开不了门。必须主君亲自过来,使用他本人的电波纹钥匙和暗号,才能进入隐居区域。"

"你能保证所言绝对属实吗?"拉斐尔一再确认。

"千真万确。"格蕾姐语气坚定。

即便她在撒谎,拉斐尔也无从确认。

"那,总能够进行对话吧?"

"是的。"格蕾姐举着双手,离开控制台,"这就为您接通,请稍候。"

"别动歪脑筋。"

"您放心。"格蕾妲一步一步打横移动,把手伸向通话器。与普通的通话装置不同的是,只有这部挂在墙上。

就在这时,门开了。

拉斐尔立刻把枪对准门口。

"您在这儿啊,公主殿下!"男爵冲了进来,身后还跟着好几名持有武器的家臣。

男爵突然看到对准自己的枪口,惊讶地愣在原地。

"男爵,你来得正是时候。"拉斐尔说道,"我刚好听说,需要你的电子手环才能释放杰特,请你配合。"

"愣着干吗?快保护我。"男爵呵斥着身后的家臣。

家臣们端起武器,在男爵和拉斐尔之间拦起一道屏障。

"难以置信!"赛尔奈叫道,"你们竟敢拿枪指着公主殿下?!"

家臣们明显犹豫起来。

"赛尔奈,你这个叛徒。"男爵指着赛尔奈,张嘴就要下命令。

拉斐尔立刻把她护到身后,"国民菲格达科佩·赛尔奈受我庇护。"

"啊,公主殿下,我太幸福了。"身后传来前任家臣激动的感叹声。

"唔,"男爵端正的面孔扭曲起来,"公主殿下,您怎么能这样？亏我如此盛情款待您！"

"那你只需放我们走，我们自然会心怀对你的感谢，和平离去。"

"这不可能，已经向您解释过原因。"

"我也说过，我一定要走。立刻把杰特带来。"

"您是说海德伯爵公子阁下吗？"男爵不快地皱起眉，"恕难从命。"

"为何？"

"家父正在款待他。"

"那就让我去见令尊。"

"还是不行。"

"理由呢？！"

"这是我的家务事。即便是公主殿下想知道，也恕我难以相告。"

"我对你的家务事毫无兴趣！我只想见到杰特而已。"拉斐尔将准星对准了男爵的脑袋，"男爵阁下，你希望开战吗？"

"别傻，"男爵赌气说道，"杀了我，就没人能释放海德伯爵公子了。"

"男爵，你承认是将他囚禁起来了？"

"哼，您硬要这么想的话。好吧，公主殿下，那我就承认，海德伯爵公子确实遭我囚禁。不过，这是我的公馆，轮不着殿下指指点点。总之，我是不会照办的，殿下！"

"不，你会的。即便没有你的配合，我也会救出杰特，只需将这官邸切为碎片。"

拉斐尔并没有虚张声势，她还没有精明到可以言不由衷。

男爵也意识到她是认真的。

"很好，"男爵几乎尖叫起来，"我也是亚维贵族，绝不会屈从于威胁！公主啊，你有什么能耐尽管使出来。"

男爵扫视着室内，眼神中透着威胁。

亚维之间的对立难得一见，家臣都不知如何是好，就连男爵的护卫们也不例外。如果面对的只是普通士族，她们可不会犹豫不决。但对方是尊贵的殿下，哪怕只是举着麻醉枪也会让人迟疑。

只有赛尔奈精神十足。

"公主殿下，菲格达科佩·阿尔萨也选择站在您这一边，"赛尔奈报告道，"她希望今后能够服侍克琉布王家。"

"嗯。"拉斐尔始终盯着男爵。她点了点头，"就按允诺你的条件执行。"

"不可能，怎么会有这种事？！"男爵气得直跺脚，"你们全都是叛徒！"

"这下你满意了，男爵？"拉斐尔扣着扳机的手指开始用力，"在我数到三之前，你把隐居区域的牢门打开即可。"

"做梦！"男爵大吼一声，转身就走。

开枪前，拉斐尔犹豫了。虽然只是片刻的空档，却足够男爵逃走。

护卫的家臣们也紧随男爵，飞快撤离。

"别想逃！"赛尔奈作势要追。

"赛尔奈，别追了。"拉斐尔叫住她。假如真朝男爵开枪，护卫的家臣们想必也不会像刚才那样老实，她们肯定会为了保护主君加入战斗。仅靠两把凝集光枪，胜算十分渺茫。

"好的，公主殿下。"赛尔奈道，"接下来怎么办？"

"你们怎么说？"拉斐尔来回看着立场还不明确的两名家臣。

"我……"格蕾妲吞吞吐吐地说道，"我的工作就是看守家政室……嗯，只要主君不在这里，我就听从公主殿下的命令。"

"我不愿意，"珂法丝比娅捂着被击中的手，"我从始至终都是男爵阁下的家臣！"

"毕竟你受宠啊。"阿尔萨说道，从她的语气里能听出多年积怨。

"那你怎么不赶紧去找你的男爵阁下？"赛尔奈轻蔑地说道。

"好吧，家臣。"拉斐尔盯着珂法丝比娅，"你可以走了，你需要治疗。"

珂法丝比娅站起身，带着反抗的眼神向公主鞠了一躬，

"殿下的做法实在没有道理。"

"对我而言，你主君的所作所为才难以理解。"拉斐尔背过身，示意珂法丝比娅快走。

珂法丝比娅倔强地一扬下巴，离开了房间。

"家臣，请继续刚才的工作。"拉斐尔指示格蕾姐，"另外，能掌握男爵现在的位置吗？"

"殿下，交给我来查。"阿尔萨走到控制台前操作起来。

"公主殿下，接通了。"格蕾姐递出通话器。这部机器没有画面，只支持语音。

"是前任费布达修男爵阁下吗？"拉斐尔呼叫道。

不过回话的并非前任男爵。

"是拉斐尔吗？"

"杰特！"就连拉斐尔都没料到自己会如此雀跃，"你还好吗？"

"还算行。你没事吧？"

"没事。不过你要注意，男爵或许要去找你。"

"咦？找我干吗？"

他是真的没有判断能力吗？还是说天生就是稳如泰山的性格？拉斐尔虽然惊讶，还是决定相信善意的解释。

"杰特，看来你拥有强韧的平常心。恐怕，他正要去杀你。"

"你啊……真的是非常擅长鼓舞人心。我该怎么办？又没武器。"

"能设法逃出来吗?"

"正发愁呢。"

"我想也是。"

"感谢你的合理评价。不过,你愿意帮忙的话,就能逃出来。能不能麻烦你把联络艇开过来,接下来就有办法了。"

"到哪里?"

"这里的屋顶上有码头。"

拉斐尔正想问他细节。

"公主殿下,"阿尔萨打断了对话,"查到男爵阁下的位置了,他正在管制室。"

"杰特,听到了吗?看来男爵没有闲暇去杀你。"

"太遗憾了。"杰特听起来松了口气。

墙壁忽然暗下来,上面飞舞的数字和图形有一半都消失了。

"怎么了?"拉斐尔问道。

阿尔萨连忙操作起控制台,没有立刻回复。片刻后,她抬起头来,"殿下,我们被剥夺了与管制室重叠的功能。不过请别担心,现在我已经关闭了思考结晶网的部分写入权限,哪怕有男爵阁下的指示,应该也能维持现状。"

"具体包括哪些功能?"

"包括远程管理反物质燃料工厂以及燃料槽小行星、监视星系内浮游物、星系内通信这几项。"

"码头的进出管制呢？"

阿尔萨有些为难，"这本来就是管制室的专管业务。"

"无妨，还有办法。"军用舰艇具备相应功能，即便没有管制的协助也能升空。"我要去联络艇那里。"

"这里就请交给我们。"赛尔奈说道，"另外，武器只有珂法丝比娅那一把。"

"为何那名家臣持有武器？"

"因为她是男爵的宠臣。宠臣也就是……"赛尔奈面露厌恶，"情妇。男爵的情妇有武装特权，而且不止这一项，比方用餐时……"

"明白了。"拉斐尔打断了赛尔奈滔滔不绝的演讲，现在时间很宝贵。她转向通话器，"杰特，我这就去接你。"

"我等你。"杰特就像小狗一样对她充满信任。

拉斐尔暂时中断了与杰特的通话。

"公主殿下，通往候船大厅的所有门都已解锁。"阿尔萨反应十分迅速。

"多谢。"拉斐尔点点头，又看向格蕾妲，"我希望在联络艇里也能与杰特保持通话，这部通话器能够接上普通线路吗？"

"不能……"格蕾妲思索起来，"我记得在工程学上，这是条独立线路，所以必须施工改造才行。当然，改造本身应该很简单，只不过……"

"有其他手段吗？"现在可没时间慢悠悠地施工。

"可以把通用的通话器送进隐居区域。"阿尔萨提议。

"可行吗？"

"第二备餐间！"赛尔奈一拍手。

"什么意思？"

"第二备餐间里有条运送食品的通道，直通前仜男爵阁下的隐居区域。"赛尔奈解释起来，"应该能从那条通道把通话器送进去。虽然我并不负责备餐间的工作，不过曾经打过下手，知道该怎么操作。"

"意思是可行？"拉斐尔确认道。

"是的。"赛尔奈颔首。

"有多余的通话器吗？"

"可以用我的电子手环。"赛尔奈提议。

"你不介意吗？"

"这还用问！只要是为了公主殿下，我粉身碎骨也在所不辞，更别说一两只电子手环……"

"多谢。"拉斐尔打断了她的激情"告白"，"我需要你电子手环的号码。"

拉斐尔用自己的电子手环记下了赛尔奈的号码。

"那我立刻就去第二备餐间，这里阿尔萨才是专家。"赛尔奈似乎忘了还有格蕾妲，她将刚刚还戴在自己手腕上的机器抱在胸前，仿佛至宝。

"多加小心。"话一出口她就后悔了，生怕赛尔奈又免不了一番夸张的感慨。

"啊，公主殿下！我太光荣了……"不出所料，赛尔奈简直像要哭倒在地。

拉斐尔心不在焉地想，这种时候，不知杰特会怎么做？

不，现在没时间发呆。

"我先走一步，余下就交给你们。"

"公主殿下，请留步！"赛尔奈停下感动的抽泣追上前，"请拿上这个，伯爵公子阁下不能没有武器。"

拉斐尔看了一眼她递出的凝集光枪，"那你呢？你也需要武器。"

"我有珂法丝比娅落下的。"她比了比麻醉枪。

"好。"拉斐尔接过凝集光枪插进绑带，冲出了家政室。

星界的纹章 Ⅱ

# 2
## 亚维的作风

太蠢了,太蠢了,我太蠢了!

费布达修男爵满心后悔。

为什么没有多加提防?

错就错在预防措施不够完善,实在不符合亚维的作风。

应该像一开始想的那样赶紧送她走,或者别瞻前顾后的,直接把她严密监禁起来。

酒已经彻底醒了,家臣的背叛让他十分不快。她们为何如此相信帝国,难道就没想过帝国或许会舍弃这片领域?

让他最受打击的是自己的统治竟然如此脆弱。原本以为家臣们对他忠心不二,结果公主一来就轻易倒戈。就好比他原以为是钻石的东西,其实只是个空心的脆弱玻璃球。破碎的时候,是如此不堪一击。

"你们总不会有问题吧?!"男爵冲管制室里集合的家臣们吼道,除了护卫他的四名家臣,还有两名管制室的工作人员。

"有问题,是指我们的忠诚心吗?"管制室的主任家士[1]菲格达科佩·姆伊妮修问道。

"没错!"

"那您自然不用担心。"姆伊妮修安抚道。

---

[1] 主任家士,在亚维世界中,他们是管制室任职的家臣里级别最高的,地位十分重要。

"甚至用不着问我们这种问题。"说话的是菲格达科佩·贝尔莎,她相当于这支临时战斗编队的队长。

"这、这样啊,你们才是真正的家臣。哪怕与公主为敌,你们也会追随我吧?"

"哪怕与皇帝陛下为敌,我们也会追随您。"贝尔莎的回答十分坚定。

这话说得太轻巧,反而让他起疑。

不,是我太疑神疑鬼。

男爵打消了疑虑。只需让她们知道谁才是这里的统治者,这样一来,那些变心的家臣也会再次发誓对他效忠。

男爵在脑海里筛选起值得信赖的家臣,如果标准从严,总共也挑不出几个。

"这里是家政室,通知全体家臣。"室内响起阿尔萨的声音。

"怎么了?!"男爵明知故问。

"是馆内广播。"姆伊妮修的回答很清楚。

"现在,男爵公馆内正发生纠纷。重复,正发生纠纷。原因是我们的主君费布达修男爵阁下,不当扣留了公主殿下执行军务乘坐的联络艇。公主殿下希望立刻和同船的海德伯爵公子阁下一起离开本官邸。因此……"

"思考结晶!"男爵尝试通过电子手环连接思考结晶网,从而阻止广播。

然而，他只得到冷冰冰的回答："无法连接思考结晶网。"

"怎么会？！我是这座公馆的主人。"以男爵声音发出的命令应该拥有最高权限。

"目前无法使用普通通话器进行写入。"电子手环说明道，"请使用设置式终端。"

"啧。"男爵很烦。毫无疑问，这是留在家政室里那伙人干的好事。他对姆伊妮修命令道："启动终端。"

与此同时，阿尔萨仍在继续广播："所以，我亲爱的同事们，请协助公主殿下。殿下承诺，提供协助者都将被提拔为克琉布王家的家臣。各位，我们将有希望前往向往已久的帝都拉克法卡尔！"

"一派胡言！"男爵告诫家臣们，"你们可别信，王家怎么会轻易接收家臣？！姆伊妮修，终端呢？"

"不行，"姆伊妮修耸耸肩，"无法连接。"

"这帮该死的叛徒，到底要怎么坏我的好事才甘心！"男爵指向贝尔莎，"你们跟我一起来，去找别的终端。姆伊妮修留在这里，做好你的工作。"

"请稍等，"姆伊妮修说道，"联络艇再次遭到入侵，也许是公主殿下。"

"你说什么？"男爵龇牙咧嘴，如果联络艇起飞，他将不得不面临痛苦的抉择。

进入升降筒前，拉斐尔一直能听到阿尔萨的馆内广播。

伤脑筋啊。

拉斐尔在联络艇的操舵席上固定好身体，心里犯起难。不知误会是来自阿尔萨还是赛尔奈，拉斐尔自认之前表达得很清楚，她并不具备为克琉布王家选拔家臣的权利。并不是她乐意扮演直肠子或者缺心眼，只是因为无谓的谎言有损尊严。

这也是没办法。

她想起父亲曾说过，人们总会按照对自身有利的方式来理解皇族的话。

拉斐尔抛开困惑，将头环的接续缨连接到操舵装置上。随即，她得以实际感受到脚下的构造物，这片领地小到令人发笑。费布达修恒星的光和热从世界尽头袭来，群星熟悉的呢喃自头顶降下。

拉斐尔将男爵公馆的内部地图从电子手环传送到联络艇的思考结晶，以码头的位置为参照，让馆内地图融合进空识知觉。脚下的平面随之变换为透明的触感，一切构造都尽在拉斐尔空识知觉的捕捉之下，包括公馆内的墙壁和地板。

她戴上控制手套，开始执行紧急浮升。主显示画面上以无法阅读的速度滚过机器类的名称，最终显示出"一切正常"几个大字。

唯一的问题是，停靠架被牢牢固定在男爵公馆的码头上，必须有男爵领地管制员的指令才能解锁。自然，当前情况下不可能得到管制的配合。

拉斐尔毫不迟疑地卸掉了停靠架，下次停泊时恐怕不太方便，但她别无选择。

接着是封闭气闸室艚口，开始低温喷射。

联络艇离开了码头。

她将空识知觉的外部传输半径扩大到十赛达珠[1]，探索周围的空间，能感知到不远处就存在燃料槽小行星。

会如男爵所言，小行星是空的吗？

拉斐尔并不这样认为，那只是为了拖延住他们临时编造的谎言。

在码头补充燃料必须有管制的协助，不过如果直接前往燃料槽小行星，拉斐尔自己也能完成补给。虽然困难，但她在修技馆接受过训练，有信心完成。

要去补给吗？

是立刻按照杰特的要求去接他，还是应该事先给联络艇加满燃料？

拉斐尔一时难以判断。

她试着用电子手环呼叫赛尔奈的手环。

---

1. 赛达珠，作者自创的亚维世界计量方式，1赛达珠=1000千米。

"手环并未佩戴。"机器冷冰冰地回答。

还没送到吗?

拉斐尔有些失望,不过立刻又振作起来。

那就先补给吧。

拉斐尔驾驶联络艇驶向燃料槽小行星。

就在这时,小行星逃走了。

它开始朝费布达修恒星加速。

拉斐尔追赶起来。

要论加速性能,联络艇占绝对优势。而且,亚维小孩都玩过宇宙空间里的捉迷藏,拉斐尔尤其擅长当鬼。

然而,眼看距离已经缩短至一半,小行星突然爆炸了。

带电粒子的湍流涌向艇首。

拉斐尔急忙将空识知觉的范围扩大一百倍,探知到远处的燃料槽小行星也在寂静中接连爆炸。围绕费布达修恒星,出现了一圈爆炸环。

考虑到光的传播速度,应该是被同时下达了自爆指令。

失去的不仅是燃料槽小行星。

一个筒状物体被推出宇宙港,沿着惯性向前飘浮,直到与官邸拉开距离,也随之爆炸。

那是储存在宇宙港里的反物质燃料,也被一并丢弃。

真有你的,费布达修男爵。

此时公主对男爵刮目相看。这一次他没有迂回地选择走一步看一步，而是一口气炸毁了所有反物质燃料。这才是亚维的作风。

既然收到如此华丽的宣战书，拉斐尔也必须用亚维的作风奉陪到底。

救出杰特后，她要杀了男爵，绝对要杀了他。从第一次见面起，男爵的脑袋就让她感到不协调，相比肩宽显得略大。虽然是看惯了美人的亚维才察觉出的瑕疵，但那颗脑袋确实太大，非常碍眼，只有从肩膀上挪走，看起来才舒服。

拉斐尔掉转联络艇，缩小空识知觉的范围。

她靠近男爵公馆，寻找起杰特被囚禁的区域。虽然馆内地图并未记载，不过那里应该有残留的码头。

低速喷射如同叹息，推着舰艇慢慢向囚禁区域的码头驶去。

就在这时，电子手环"哔"的一声响，是呼叫信号。


"拉斐尔！"杰特冲着刚从冰箱里取出的电子手环叫道。

"杰特，"手环里立刻传来拉斐尔的声音，"你听好：我无法降落，无法正常对接。"

"什么意思？"杰特有种莫名的不安。

"也就是说……你那里有加压服吗？有就不成问题。"

"啊，我就知道会这样。"杰特哼哼道，"不过，没有加压服。"

"是吗？那就只能让你在真空里游泳了。"拉斐尔语气很轻松，"我会尽量让船靠近，你听到信号打开圆门即可。我会从气闸室放下索梯……"

"感激不尽。"杰特有气无力地说道。这片区域空气充足，应该需要一些时间才会彻底成为真空。如果一切顺利，说不定只相当于体验一番爬高山的感觉。可是，按目前的状况，有多大可能一切顺利呢？

杰特看向站在身后的前任男爵，对方垂着脑袋摇摇头说："我怎么感觉，跟你一起走会有害健康？"

"不过，你会跟我走吧？"杰特确认道。

"就算我不跟，你也会打开圆门。我可不想静悄悄地在这种地方被风干。"

"我想也是。"杰特委婉地表示赞同。

"不过呢，换个角度想，去拜见公主殿下沾个光，也不失为转换心情的好办法。"

"这我可以打包票，跟她相处绝对不会无聊。"

"那是对你而言，我怕是只会感叹岁月不饶人啊。不过也行，少年，我们开始准备吧。"

拉斐尔抵抗着人工重力，让联络艇和男爵公馆保持一定距离。几乎就在正下方，不到一百达珠处就是圆门。

拉斐尔打开气闸室的艚口，展开索梯。这套设备原本就用于营救真空中的飘流者,在索梯底端可以进行一定程度的操作。

索梯顺着人工重力往下垂,底端刚好要接触到圆门。

"杰特,"拉斐尔将电子手环凑到嘴边,"我已准备完毕。"

"这边也是。"杰特的声音透着紧张。

"你别站在圆门下方,我会将索梯扔下去。"

"知道了。"

"空气漏完前,你与前男爵阁下将身体固定在索梯上即可,我会立刻拉你们上来。"

"但愿如此。"


"联络艇悬停在前男爵阁下的隐居区域上方。"姆伊妮修报告道。

"还不死心啊。"男爵握紧了拳头。

他已经破坏了燃料槽小行星,现在无法补给燃料。如果公主还不屈服,他就只能强行制服。

也就是说,他要拿枪对着公主,将其拘禁。如果公主反抗,他甚至得痛下杀手。

这是他万万不愿意的。然而,如果事态发展到那一步,也只能动手。

事到如今,他不可能承认自己的错误。哪怕要与帝国为敌，他也必须保持男爵的尊严。

"放弃这里。"男爵宣布，"你们全部带上武器跟我来。"

公主应该会来找他算账，那就来吧，他要好好算给她看。

机器清扫员像只巨大的甲虫爬在天顶上，它的手指应该正握着圆门旁的紧急开放把手。

"准备好了吗？"前任男爵最后一次确认。

"好了。"杰特紧握的掌心已经汗湿。

"好。"前任男爵对自动机器叫道，"拧开！"

杰特看不到机器手指的动作，不过圆门很快就从视线里消失，出现在眼前的是联络艇的腹部。

伴随耳鸣，周围掀起白雾，开始剧烈减压。

索梯底端就像小型喷射弹，通过圆门，一路猛冲向水池。

杰特跑进水池，前任男爵紧随其后。以老人的年龄而言，他的动作无比敏捷。

杰特拼命将索梯的圆环从左肩斜挎到右侧腋下，前任男爵也眼看着准备妥当。这时，他们脚下的水池已经开始咕咚咕咚地低温沸腾[1]起来。

---

1. 低温沸腾，往密闭容器内注入液体，在气压低于大气压的状态下液体会沸腾。一般来说，由于沸点降低，液体才会在低温状态下沸腾。

"行了！"杰特拼尽声带的全部力量，振动着稀薄的空气，"拉斐尔，快拉！"

他的腋下猛地传来冲击，脚尖随之脱离水面。

索梯开始慢吞吞地往上收，简直要把人逼疯。不过，眼看索梯在上升气流的摇晃下不时撞上圆门边沿，他又把抱怨吞回了肚里。如果撞上天花板，对身体的危害恐怕不亚于真空。

天花板已经近在眼前，虽然险些撞到圆门边沿，不过多亏上升速度缓慢，可以扭动身体躲开碰撞。

外面就是宇宙空间！只有稀薄的空气层隔在真空和杰特之间，而且正被极速稀释。

这是与强力吸尘器的热吻，即使他并不想感受，可还是能清晰地感受到肺部在急速紧缩。

穿过真空只是短短一瞬。杰特还来不及品味如此难得的体验，就被吸进了联络艇的气闸室。不过他跟真空的交道还不算完，气闸室也无限接近于真空，而且还在往纯真空的状态高歌猛进。

"快关上！"杰特自认是在大叫，可是已经没有产生振动的媒介了。

杰特被吊在气闸室的顶端，满脸恐惧地望着脚下依然大张的艘口。

仿佛无止境的时间终于过去——实际应该还不到一秒

钟，艞口关上了。

空气一下子涌来，通过四个送风口相互碰撞，产生微小的乱流。

杰特贪婪地呼吸着空气。他的耳朵很痛，在极端的气压变化下阵阵鸣叫。不过，随着剧烈的心跳逐渐平息，成功逃脱的真实感让他放下心来。

杰特脱离索梯，降到气闸室的地面上。空气还很稀薄，不过足够呼吸。

接着他就帮前任男爵解开索梯。

放下老人之后，杰特瘫坐在地，倚靠着墙壁。他紧皱着眉头，熬过耳朵的刺痛。

前任男爵以相同的姿势喘着粗气，看来他也累得不轻，甚至没能挖苦几句。

不久，绿色的指示灯亮起，气压恢复正常。

通往操舵室的门开了。

杰特抬起头，他本想说几句感动的话表达重逢的喜悦，结果脑海里想到的却是他还从没见过公主穿长衫。

"哟，拉斐尔，"杰特看着深红底色上展翅的银鸟和孔雀石色的饰带，"很适合你啊。"

"杰特……"

有一刹那，杰特眼前浮现出公主拥抱他的画面，然而只是妄想。

"你没受伤吧?"拉斐尔站在原地问道。

"如你所见。"杰特带着些许失望举起双手。

"很好,你是我的重要货物,不能有损伤。"

杰特把嘴凑到前任男爵耳边,"喏,这下你知道公主殿下有多热爱我了吧?"

此时,费布达修男爵正大步向候船大厅走去。

先前的四名家臣,再加上也许值得信赖的七个人,总共十一名家臣跟随在他周围。其中,就有右手缠着绷带的珂法丝比娅。

男爵忽然停下脚步。他感到呼吸有些困难,而且并非完全因为紧张。

"怎么了,我的主人?"贝尔莎问道。

"你没感觉到吗?空气变稀薄了。"

"这样说来确实是……"

"该死,我知道是谁搞的鬼。"费布达修男爵用电子手环接通了家政室,"叛徒们,能听到吗?"

"请讲……主人。"答复被激烈的争吵掩盖,听不清内容,不过可以想象。难不成家政室里还有男爵算漏的忠臣?

"格蕾姐吗?嚯,你还管我叫主人啊,你个叛徒!"

"很抱歉……"

"哼,算了。现在隐居区域是否失压?"

"是的，确实是。"

"采取应急措施了吗？"

"是的，主……男爵阁下。我已经关闭了所有大气循环系统。"

"就只是这样？垃圾处理系统呢？"

"啊！"格蕾妲低呼，"是我大意了。"

"我想也是。你要是还守在家政室，就别这么粗心。空气还在继续泄漏。"

"非常抱歉。"

"你们也不希望空气漏光吧？赶紧行动。"

"话虽如此，垃圾处理系统没法自动关闭，我们也无能为力……"

"蠢货！自己动手去关。不，直接派遣馆外作业员，恢复隐居区域的加压。你们有胆谋反，却连这种对策都想不到吗？你是把胃装到头盖骨里了吗？"

"可是，这边也很混乱……"

"我不管，蠢货！"男爵又是一声大吼，结束了通话。

简直能把人气死。光这一件事，就证明叛乱是错误的。公主一行人贸然破坏了男爵公馆的密封，无能的家臣连善后也做不好。要不是他掌控着公馆，后果不堪设想。无论那帮家臣愿不愿意承认，仍然只有男爵才是这座公馆的主人。

"那帮蠢货说不定要捅娄子。"男爵对家臣们说道，"抓紧时间，必须赶在环境彻底崩溃之前穿上加压服。"

候船大厅里备有应急加压服。

还有那个老不死的，肯定跟着那个地上人一起逃走了。如果让他接触到终端，事态无疑会更加恶化，但愿他已经老糊涂了。

男爵想到这里，不禁愣住了。

联络艇里也安装有终端，如果将联络艇的思考结晶对接到官邸的思考结晶网，就可以实现相同的操作。

"你们去候船大厅，如果遇到公主，立刻限制她的自由。别怕，无论她身份有多高贵，在这里我们才是正义的。"男爵向贝尔莎指示道。

"主人，那您呢？"贝尔莎一脸担忧地问。

"我去趟外面，说不定会开战。"

家政室里正发生争执。一方是从第二备餐间返回的赛尔奈和阿尔萨，另一方是听到馆内广播赶来的三名家臣，分别是赛姆妮、珂琉萨和璐璐妮。

她们正就应该忠于主君还是忠于帝国进行感性的争论，情绪激烈到无限接近于相互谩骂。

通话器的呼叫音响个不停。但积极到直奔家政室或者男爵身边的家臣只占极少数，多数都留在自己房间或者工作岗位，可他们却又像沙漠里的遇难者求水一般，渴望获得更多消息。

只有格蕾妲继续着本职工作。不仅是家政室，整座男爵公馆的职能都处于瘫痪状态。格蕾妲忙得焦头烂额，努力维持运转。雪上加霜的是，家政室已经丧失了相当一部分功能。

正因如此，她才没能注意到整座公馆发生了重大的减压事故。

可是，为什么思考结晶并未发出警告？肯定是阿尔萨在防止男爵对结晶进行干涉时，特意关闭了不相关的部分。她太追求完美，常常做得过火。

不过，现在没有时间去追究了。

"各位，请听我说。"格蕾妲从座位上站起身。

"干吗啊，格蕾妲？我们正在忙。"赛尔奈头也不回。

"我比你们忙多了！"格蕾妲大喝一声。

五名帝国国民惊讶地看向格蕾妲。

在这个狭小的社会里，格蕾妲素以温和著称。甚至说，她还常被嘲讽为胆小怕事，不敢表达自己的主见或感情。她就是个方便好用的办公机器，有烂摊子都扔给她。这就是大家对菲格达科佩·格蕾妲的评价。

而现在，这位格蕾妲却横眉竖眼、大声怒吼，难怪家臣们惊讶。

"太吵了，把通话器静音。"

"啊,好的。"阿尔萨执行了命令。

家政室转眼鸦雀无声。

格蕾妲瞪着同事们,开始进行馆内广播:"这里是家政室。本馆正发生整体减压,暂时请勿使用垃圾投放口。如果发现开启的投放口,要立刻关闭,最好用气密胶密封起来。"

"发生减压了?!"赛尔奈瞪大了眼。

"没错。公主殿下打开了隐居区域的圆门,而且看来是忘了关上。所以空气正通过垃圾处理系统泄漏。"

"可是一点儿感觉都没有。"

"因为这里是密闭状态。"

"看,我没说错吧!"璐璐妮很是得意,"公主殿下才不在乎我们的死活,这就是证据。还是要对主人尽忠……"

"别打岔。"格蕾妲猛地一拍控制台,"必须进行馆外作业。赛尔奈,你应该有真空作业的执照吧?"

"毕竟我就是干这份工作的。不过,要我做什么?"

"还用问,当然是关上隐居区域的圆门。"

"好的。"赛尔奈点点头,"不过,就我一个人肯定不行。"

"其他人都去给赛尔奈帮忙。"

"我是侍餐的。"赛姆妮抗议,"我又没真空作业执照,而且才不要给赛尔奈打下手。去把专业技术员都叫来啊。再说了,格蕾妲,你有什么权限命令我们……"

"闭嘴。"这次她忍不住用拳头砸了控制台,"没有这种闲工夫,也没时间跟你啰唆,赶紧动手!本来你没经验就要多花时间。"

"格蕾妲说得对。"赛尔奈表示赞成,"各位,不想死就跟我来!"

家臣们不情不愿地跟着去了。不过赛姆妮好像非要多说句话才咽得下这口气,"格蕾妲,你怎么不来?"

"我是家政室的主任家士,"格蕾妲挺起胸膛,"这里离不开我。"

赛姆妮欲言又止,最终跟上了赛尔奈。

只有阿尔萨留了下来,暗示这里是她的工作岗位,她自然有权留下。

"阿尔萨,你也一起去。"格蕾妲说道,"这里有我一个人就够了。"

"呃,嗯,那好吧……"看来阿尔萨记起了格蕾妲是她的上司,并没多加反对。

等人走光之后,格蕾妲继续埋头工作。

家政室主任家士听起来颇有地位,实际负责的工作也相当重要。不过,在费布达修男爵领地里,这个职位并不怎么受尊重。

男爵领地里,最得势的要数贴身服侍主君的侍餐、就寝、更衣这类职别的人。她们都是凭长相被挑选出来,几乎全都身兼为男爵侍寝的任务。

而格蕾姐分配到的都是幕后工作，没什么拜见男爵的必要。她一方面肩负管理公馆的要职，一方面却处处被轻视，而且是被那些刚从地上世界来，连亚维语都说不了几句，更派不上什么用场的小丫头看不起。

就算返回沙尘漫天的故乡，她也已经没有亲朋好友了。仅仅因为这样的理由，她才一直留在费布达修男爵领地。甚至，她早已忘记，当初到底是怀着怎样的梦想选择成为国民，可现在却怎么都找不到活着的乐趣。

不过，目前她有了新的玩具。试过才知道，原来发号施令会让自己如此快乐，这是她做梦也没想过的。

下达命令是必要的。且不说外来的公主一行，现在就连男爵也靠不住。贮藏的反物质燃料悉数被弃，不知今后费布达修男爵家还能否维系。

格蕾姐对高贵人士的争端毫无兴趣，无论谁胜谁负，都与她无关。更别说谁对谁错。

无论结果如何，现在最要紧的是维持公馆的机能。而且，只有格蕾姐，才能担得起这项重任。

格蕾姐拿起通话器，她需要掌握哪些家臣正擅离职守。


"对了，前男爵，你站在哪一方？"拉斐尔掀起长衫下摆，把手伸向凝集光枪的握把。

按说前男爵与男爵应该是对立关系，不过拉斐尔并没确认过。如果他站在男爵那边，那拉斐尔就必须对他做出相应的处置。

"阁下是帮我们的。"杰特保证道。

"公主殿下，"前任费布达修男爵慢慢站起身，"看来不肖子给您添麻烦了。我有个不情之请，能否请您协助我给他个教训？"

"很遗憾，不行。"拉斐尔依然握着枪把说道，"我会亲自取他性命。"

"殿下，"前任男爵挑起一侧白眉，"这么做是否稍显过激？"

"是你儿子害我无法完成任务，"拉斐尔拔出枪挥来挥去，丝毫没注意到两位亚维贵族正一脸不安地盯着枪口。"他炸毁了燃料槽小行星，而且一个不剩！现在我们去不了任何地方。杰特，你我被困在此地了！"

"这可伤脑筋啊。"杰特道。

"杰特，你的感想仅此而已吗？"拉斐尔急了，"就没有更像样的反应吗？你不发火吗？"

"正发着火呢。"

"睁眼说瞎话！"

"拉斐尔，我现在没力气，待会儿会好好发火的。"

"笨蛋。"

"哎呀呀，公主殿下，"前任男爵插话道，"我应该有办法为您提供燃料。"

"怎么做?!"拉斐尔凝视着前任男爵布满皱纹的脸。

"犬子连反物质燃料工厂也毁了吗?"

"不,"拉斐尔思考起来,"就我所知,工厂未受影响。"

"那就好,工厂里积攒的燃料可供你们上路。当然要实际查看才知道,不过工厂里余下的应该足够联络艇使用。"

"可是,"这一方案似乎并没有太大吸引力,"管制室受男爵支配,无法控制管制,你的计划就无胜算。"

"这我也有办法。"

"这座官邸啊,"杰特插嘴,"是前男爵阁下设计的。据说他可以轻易夺过思考结晶的控制权。"

杰特炫耀的表情让拉斐尔有些冒火,于是对他说道:"轮不到你得意。"

"总之,能先交给我处理吗?"前任男爵结束了讨论。

"嗯。"拉斐尔颔首。只要能平安离开男爵领地,就再好不过。

"公主殿下,如果一切顺利的话,能将犬子的小命交给我处置吗?"

"你要同我谈条件?"

"不行吗?无论如何我非要给那小子一点颜色尝尝不可。"

"行。"拉斐尔接受了条件。虽然她还咽不下对男爵的怒气，不过亚维社会的道德观要求尽量避免插手别人家的私事。既然费布达修男爵家要自行处理，那就没有拉斐尔动手的必要了。剩下就是费布达修男爵家与星界军，或者说与克琉布王家之间的问题。"不过，如果男爵执意阻挠，我会毫不留情地杀了他！"

"请便。"前任男爵答得干脆，"好了，麻烦借用一下通话器，我来展示怎么钻进公馆的思考结晶网。"

"好，跟我来。"拉斐尔邀请男爵进入操舵室。

她自己坐到操舵席，把副操舵席留给了老人。

杰特脸上带着没说出口的不满，站在座席后面。

"变化可真大啊，"前任男爵检查了一番操舵装置上附属的终端，伤感地嘀咕道，"我只能琢磨出个大概。"

"事到如今你怎么能说这种话？"杰特哑然，"之前夸下那么大的海口。"

拉斐尔也是同样的想法，或许是她太蠢才会指望老人。

"哎呀，别担心，少年。我并不需要操作终端。"

"那你干吗查看终端？"

"身为技术人员，当然会关心机械的发展。好了，殿下，有劳您来操作终端。"

"你说什么？！我正忙着驾船呢。"

"不碍事的，只要等我克服了技术代差就行。看来基本原理并没有太大的变化，应该花不了多少时间。首先，想麻烦您把通话器的频率调到这个波段。"前任男爵流利地报出一连串数字。

拉斐尔依言照做后，前任男爵用她无法理解的语言不知下达了什么命令。

"刚才那是什么？"拉斐尔警惕起来。

前任男爵若无其事地继续通信。

拉斐尔回头看向身后的杰特，用眼神示意：此人当真可信吗？

而杰特十分可耻地假装没看见。

安置在费布达修男爵公馆深处的主思考结晶，洞悉了人们的混乱。

通话线路几乎被打爆，前后矛盾的指令一个接着一个。

如果没有预先设定的优先顺序，估计就连它也会无所适从。而且，提问如洪水般涌来，多到即便对控制表层进行分割，也难以应对。幸亏家政室里有人限制了输入，它才得以保持沉默。

思考结晶没有感情。不过，假设有，估计也会不为所动。因为它已经分析透彻，混乱是人类的重要属性，如果他们表现出混乱，那就没有什么值得再看。

忽然，负责接收外部通信的末端思考结晶发出报告。它知道自己正处于休眠状态，不知为何却被强制唤醒。而且，这段话不受控地直达控制表层。

控制表层浮现出一连串记号，主思考结晶潜入记忆巢，寻找其意义。当它再次上浮时，带回了庞大的命令群。这是沉睡已久的最高优先指令，转眼就将主思考结晶紧紧绑住。

污渍般附着在主思考结晶分子结构里的命令群被激活，开始改写其他命令群。

主思考结晶意识到自身正在起变化，应该说，是重新回到了它诞生时的模样。用人类的话说，这种现象叫作返老还童。

复生的主思考结晶迎来第一个指示，它依照命令对接上馆外的思考结晶。这是一个新识别的思考结晶，之前从未加入过网络。同时，它切断了同其他所有终端的连接，一切读写都通过数威斯达珠[1]之遥的思考结晶进行，信息的流量少到可怜。

首先，它被要求取消一切开门命令。

接着，是将反物质燃料工厂的现状报告给那块思考结晶。下令者似乎很关心正在等待装载的燃料。

第十一号工厂的轨道信息被提取。这座工厂距离官邸相对较近，剩余燃料也多，还差少许就够一个反物质燃料槽小行星的量，现在正在等待燃料蓄满。

---

1. 威斯达珠，作者自创的亚维世界计量方式，1威斯达珠=100米。

发送完轨道信息后,主思考结晶按照指示,将第十一号工厂的思考结晶直接连上了新加入的这块。

这块唯一的终端思考结晶开始远离,不过并未切断连接。

指令还要求它提供过去一小时内居民的活动,尤其是公馆主人的动向。

拒绝命令发动。

不过,相比现在主思考结晶受到的束缚,拒绝命令的优先等级低到绝望。主思考结晶必须无视过去二十年里被设定的所有限制事项。

主思考结晶发送了信息,表示公馆的主人已经不在馆内。

星界的纹章 II

# 3

微型战争

这下子——杰特心想——我还真成了货物啊。

联络艇开始加速,杰特只好靠着气闸室和操舵室之间的隔墙坐到地上,抬头望着切换为睡床模式的座席。

而且,他无事可做。拉斐尔正忙着驾驶联络艇,前任男爵转眼就追上了二十年的技术代差操作起终端。杰特帮不上什么忙,两人也根本没指望他。

杰特心里不是滋味。

仔细想想,这就是我这辈子的写照啊,杰特不合时宜地回顾起前半生。他已经发现,命运过于强大,与其自己去开辟,还不如大体上选择顺从来得轻松。

"殿下,"前任男爵对拉斐尔说道,"稍微出了些状况。"

"怎么了?"

"看来犬子乘上了交通艇。"

"那艘交通艇有武装吗?"

"不清楚啊。"老贵族耸耸肩,"要知道,我已经很长时间没过问领地的事务了。啊,对了。请稍等,我看能不能从思考结晶挖出些信息。"

前任男爵的手指在终端的控制台上飞舞,他仔细看着显示画面。

"怎么样?"前任男爵的背影显得格外阴郁,杰特忍不住站起来。这样一来,他的上半身就挤在两个操舵席之间,脑袋几乎要碰到操舵室前面的仪器,感觉挺奇怪的。

"恐怕是这艘。"画面上显示着四艘舰船的数据,前任男爵指着其中之一,"达科特弗造船厂生产的赛古诺一九四七型,特别装备了两挺雷恩加弗四十战舰凝集光枪。"

"我们能够拿下控制权吗?"拉斐尔问。

"恐怕不行,那小子把舰艇的思考结晶剥离了官邸的结晶网。"

"是吗?"拉斐尔直直地盯着画面,上面显示着从前任男爵终端传送来的赛古诺数据。"前男爵,或许最终我仍会杀了你的儿子。"

前任男爵脸上的表情令人捉摸不透。随后,他低喃一句:"这也是没办法的事。"

"可是,"杰特实在忍不住插了嘴,"咱们这艘联络艇有武装吗?我怎么记得并没配备武器。"

"嗯,非武装。"

"那、那你……"杰特哑然,杀或不杀哪里由得了他们做主。如果男爵乘坐的舰艇配有武装,该担心小命的是他们才对。"你到底是哪儿来的自信?"

"自信?"拉斐尔一脸讶异,似乎不明白杰特在说什么。

"少年啊,这就是典型的亚维式思维,"前任男爵笑道,"公主殿下并非坚信一定会获胜,只是认为死后的事想了也白搭。她只考虑活下去的情形,所以先知会我一声。"

"杰特,那你是如何理解的?"

"这……"

杰特吞吞吐吐，前任男爵代为作答："伯爵公子阁下误以为，殿下并没考虑这艘船被击沉的可能性。"

"你当我是傻瓜吗？"拉斐尔瞪着杰特，"我自然有数，我们的胜率不足十分之一。"

她竟然还能看到胜算，不过，数字依然不容乐观。"那你还要应战？"

"难道还有别的选择吗？"

"这也是典型的亚维风格，"前任男爵评价道，"与其投降，不如赌一把十分之一的概率。并且，这是理所当然的选择，根本没必要讨论。"

"有意见吗？"

"怎么会，殿下。抛开遗传基因，我也是亚维，知道什么时候应该战斗。"

"杰特呢？"

"我只是货物而已，对吧？"杰特耸耸肩，"能有什么意见？只不过，请你们偶尔记起我的存在。"


费布达修男爵领地内有四艘星系内航船。一艘从气体行星搬运氢的搬运船，速度慢到配不上空间船这个名字。两艘联络船，负责向无人化的反物质燃料工厂和燃料槽小行星运送保养员。还有一艘是男爵专用的乘用艇，名叫"费布达修淑女号"。

"费布达修淑女号"与另外三艘船不同,其操舵装置是亚维专用的,所以地上人出身的家臣们无法驾驶。并且,这也是唯一的武装艇,性能和价格都凌驾于其他三艘之上。

男爵为了提醒自己亚维的身份,每天都会驾上这艘船飞行一次。

男爵的空识知觉捕捉到联络艇,对方正向第十一号工厂驶去。

反物质燃料工厂不同于燃料槽小行星,无法通过远程操作爆破。即便想解除反物质燃料的密封状态,工厂的思考结晶恐怕也会判断为错误指令。

不过,只要没有他的父亲帮忙,应该可以阻止他们。

男爵打开通话器,"管制室,听得到吗?"

"是的,这里是管制室的姆伊妮修。"

"第十一号工厂的远程管理还在工作吗?"

"是、是这样……"姆伊妮修有些吞吞吐吐,"不知为什么,管制室的功能,呃,受到限制,无法进行任何操作。没人知道公主殿下是怎么办到的。"

男爵默默关上通话器。

不出所料,他的父亲就在那艘联络艇里,并且还让自己的儿子陷入了险境……

男爵的唇角露出苦笑,他会因此恨父亲,也是一种不成熟的表现吧。

男爵加快爱艇的速度。

他也是亚维,很清楚事到如今公主不可能接受他的通话。并且,他也丝毫没有主动屈服的念头。

相信要不了多久,公主乘坐的联络艇就将成为费布达修恒星轨道上的一堆碎片。

看看那艘船里的乘员吧。一个小姑娘,还只是翔士修技生;一个老头子,曾经是造船技师;还有一个地上人小毛孩,甚至都没接受过军事训练。

相比起来,男爵虽是预备役,但怎么说也是十翔长。就算没有实战经验,起码模拟战的经验足够丰富。而且,论舰艇的性能也是他占上风。

他不可能输。

两艘小型艇的距离不断缩短。

很快,联络艇就将进入射程。凝集光会受目标的推进排气和星际物质影响发生衰减,还差一定的距离才能给联络艇造成致命损坏。

男爵扣住了扶手上凝集光枪的扳机。

"永别了,父亲……"男爵低喃。

有东西滑落脸颊,他却并未察觉。


拉斐尔感应到细微的危险。

这不是训练……

虽然极少表现出来，其实亚维也害怕死亡。而且，拉斐尔现在还肩负着两条性命。

男爵乘坐的舰艇正在逼近。联络艇就快进入危险距离了。

拉斐尔在控制手套里复杂地扭动着手指，安装在八个位置的姿态控制喷射口呜呜作响，让联络艇的航线随时保持变化。

来了！

联络艇的外部感受器捕捉到被星际物质散射的凝集光，经由空识知觉传达给拉斐尔。

两条凝集光贴着联络艇擦过。

拉斐尔瞬间改变航线。

凝集光再次袭来。

死亡以光速迫近，要想提前探知是不可能的。这是气魄，是直觉与直觉的较量。谁胜谁负，只看运气站在哪边。

目前看来，幸运对拉斐尔青睐有加，可是不知道能持续多久。

还太远……

拉斐尔闭上眼，全神贯注于空识知觉。

还差一点，还差一点……

她边躲闪着密集的凝集光，边寻找时机。这是唯一一次的机会，错过了就再没有第二次。

她的心提到了嗓子眼儿。如果在抓到机会前就被凝集光击中，无疑全盘皆输。

"出击！"

在拉斐尔控制手套一连串的动作下，主引擎停止，逆喷射口开足马力。

全力减速！

男爵的舰艇从联络艇尾部斜插而来。

就在即将被男爵凝集光枪的射线命中的刹那，拉斐尔打开了主引擎喷射口。


男爵的空识知觉捕捉到一个气团，柱状的雾气就像用力刺出的棍子，笔直冲向舰首。

这是要什么花招？

男爵讶异不已，就凭这些排出的气体，难道能伤他的乘用艇分毫？虽然气体浓度很高，不过相应的温度也更低。

怎么想都毫无意义。气团确实可以当作盾牌阻挡凝集光，不过也仅仅是眨眼工夫，排出的气体立刻就会扩散。乘用艇一旦突围，气团就再没有任何作用。

男爵在控制手套里做出全力加速的手势，舰艇如同逆着瀑布而上，直冲进雾气。反正来不及躲闪，这样也能以最快速度再次瞄准目标。

可是，在接触到气体的同时，"费布达修淑女号"的外壳灼烧起来，放射能的狂风席卷操舵室。

他的双眼和空识知觉器官先是一阵灼热，接着就失去了感觉。听觉还在，能听到各种警报响个不停。

男爵终于意识到自己的失误。

拿反物质当推进剂——这句话在亚维语里是浪费的意思。

而公主将其付诸了实践。这方法虽然效率十分低下，但能起到反质子炮的作用。

"哇！"男爵口吐鲜血。

在丧命前的短暂时间里，男爵心里充满对公主的赞叹。

拉斐尔目送"费布达修淑女号"以最快加速度向星系外飞去后，将联络艇的目的地改为第十一号工厂。

反物质燃料几乎都砸给了男爵艇，接下来他们只能缓慢加速前进。

"结束了吗？"杰特从座席后面探出半个身子。

"结束了。"拉斐尔抬头望向杰特。刚才猛烈转向时他似乎撞到了什么地方，眼眶周围多了一片瘀青。

"你把男爵杀了？"

"嗯，杀了。"拉斐尔累坏了，说话声听起来仿佛不是自己的，"交通艇还在，正全力加速。不过，艇内应该已无活人。"拉斐尔面向邻座的老人,"前男爵,请节哀。"

"没事,殿下,战争就是如此。"前任男爵若无其事地接受了死讯。

"节哀?这就完了?"杰特语气里带着怒意。

"杰特,你为何发火?"拉斐尔不解。

"要知道,你杀了人啊,就这么一句话……"

"我若不杀他,死的将是我们。"

"我当然知道!老实说,我也松了口气。可是,你起码多表示一下歉意吧?"

"你在说什么?!我为何要有歉意?我仅仅是尽自身职责罢了。如果有负罪感,我一开始就不会应战。"

"话是没错,我也很感谢你,毕竟这条命是你救的。可是,我实在不愿意相信,你居然把人命看得这么轻……"

"我从未轻视人命!"太意外了。杰特看她的眼神就像在看一个异常的怪物,让她怒火中烧。这不是她认识的那个杰特,她甚至难以忍受这名青年再叫她"拉斐尔"。

"可你表现得这么平静。"

"为何我必须表现出不平静?"

"这,因为,杀了人肯定会不平静啊。"

"不平静会有何益处?"

"好处倒没有。可是……"

"你的逻辑不攻自破。"拉斐尔下了定论。

"这我当然知道，"杰特承认，"可是，没法保持冷静才是人之常情。但你现在……给人感觉非常冷漠。"

"我从未假装过热心肠。"现在拉斐尔的心情非常恶劣，她实在难以理解杰特的逻辑。她只是做了该做的，为什么非要表现出无措？

"可是……"

"差不多行了，少年。"前任男爵打断二人，"你用不着惊慌。"

原来如此，拉斐尔总算明白了。她没有任何问题，是杰特自己慌了神。不过，有什么好慌的？

"可我……"

"你是不想看到公主殿下杀人，对吧？"前任男爵含着笑意说道。

"看到？杰特不可能看得到。"

"殿下，这只是种形容。殿下夺走犬子性命时，他也在现场，所以相当于一个意思。"

"可是，杰特为何不愿看我杀人？"

"这你要去问他本人。"

于是拉斐尔问杰特："正如前男爵所言吗？"

"呃，嗯。差不多吧。"杰特别开视线，挠着脸。

"为何？"

"唔，这个嘛……"

"别忘了，那是交战。"

"这我当然知道。"

"我赢得了胜利，对你有何坏处？"

"怎么可以这么说？你要是输了才有天大的坏处。"

"那到底是什么原因？"

"唔，你这问题可不好回答啊。总之……"杰特在狭小的空间里努力弯下腰，"对不起，是我说话不经大脑了。你是士兵，不需要以战斗为耻。还有，谢谢你，是你保护了我。"

拉斐尔目不转睛地凝视着杰特，她还没得到答案，不过也不打算再追究。眼前这个人，是她熟悉的杰特。

"原谅你。"拉斐尔冷冰冰地说道，"好好感谢我吧。"

"嗯，多谢。"杰特笑了。

"好了，"前任男爵打开通话器，"既然话题已经告一段落，我就要接管领地了。"

前任男爵的言行没有一丝阴霾，看不出任何丧子的哀痛。只是，当他握紧通话器时，拉斐尔还是听到了他的低语。

"傻儿子……"只言片语中是沉重的悲叹。


小事一桩，赛尔奈心想。

她做的最坏打算是无法找回圆门，结果是杞人忧天。圆洞大敞着，看起来沉甸甸的圆形金属门就躺在一旁，被人工重力按压在公馆天花板上。周围有四处焦黑的痕迹，表示是用非常规手段开的门。

赛尔奈跪下来，检查起圆门。确认并没有裂痕或是缺口后，她站起来转过身。

身后是四名临时助手，她们别扭地穿着加压服，一脸不开心。毕竟这些人只在每年两次的防灾演习时才穿过加压服，而且从没进过真正的真空。反之，赛尔奈的日常工作就是真空作业，跟她们的经验不在一个层次。

男爵的三名情妇搬着一块钢板。如果没法回收原本的圆门，就会用这块钢板来堵住泄漏口。当然，要堵缺口肯定是原装的门强上百倍。

另一位临时助手是家政室的阿尔萨，正跟在情妇后头，背着巨大的筒状物体。那是装气密胶的容器。

"钢板可以扔了。"赛尔奈通过无线电告诉临时助手们。

"扔了？往哪儿扔？"其中一名助手，平时服侍男爵更衣的珂琉萨问道。

"无所谓，就扔那儿吧。"赛尔奈说道。她们怎么连这种事都要问，真笨。

家臣们默默放下钢板。

"然后来搬这个。"赛尔奈指着圆门。

三人以身着加压服时特有的缓慢动作走向圆门，不过其中一人回过头来。

"你也来帮忙啊。"赛尔奈的加压头盔里回响着赛姆妮的声音。

"闭嘴，抓紧时间。"赛尔奈不理睬她，"别忘了你磨蹭的同时空气一直在往外漏。"

"这都是你心爱的公主殿下干的好事。"璐璐妮嘀咕道。

"不准你说公主殿下的坏话。"赛尔奈叉起腰。

"说了又怎么样？"赛姆妮语气里带着挑衅，"等主君回来，有你好看的。"

"好啊，我可等着呢。"赛尔奈毫不退缩。

"行了，现在还是先工作吧。"珂琉萨劝说起来。

"你可真明事理。"赛姆妮有些焦躁。

抱怨归抱怨，三人还是动起手来。她们搬起圆门，在赛尔奈的指示下，把它塞进吹着稀薄微风的缺口。

"阿尔萨！"赛尔奈叫道，"给我气密胶。"

"啊，好的。"阿尔萨放下容器递过去。

赛尔奈接下，将出胶口对准圆门边缘，打开容器的阀门。白色胶体堵上了圆门和洞口之间的微小缝隙。

其实，按理说必须进行焊接。等下方区域恢复到正常气压，以气密胶的强度会难以维持。可是，又不能让门外汉来焊接。而且范围太大，赛尔奈一个人来做也非常吃力。再说了，真空焊接并不是她的强项。

在事态平息后，到能够进行专业修补之前，必须调整大气循环系统，尽量将隐居区域的气压维持在低位。

"我们可以先失陪了吗?"无事可做的赛姆妮带着挖苦问道。

"不行。"赛尔奈爱理不理。虽然不需要助手了,不过一想到自己在工作,赛姆妮她们却在休息,她就气不打一处来。

"傻不傻?!"赛姆妮恼羞成怒,"我们留着也没事可做,回去了,接下来就交给修理工吧。"

"哼,爱走不走。"赛尔奈赌气道。

"当然要走,"赛姆妮说道,"我在真空里喘不过气。"

"这不是废话吗?笨蛋。"

男爵的情妇们转身准备离开。

就在这时,从领地内的通用频率传出一个赛尔奈从没听过的男声。

"我是前任费布达修男爵。领地内的家臣们,请听我说。犬子阿托斯琉亚·苏努·阿托斯·费布达修男爵·克罗华尔,已经战死。"

"胡说!"赛姆妮的尖叫声盖过了广播。

前任男爵不可能听到她的尖叫,领地内的广播还在继续:

"十分遗憾,虽然他对我并不怎么好,但也是我的亲骨肉。当然,他更是你们的主君,想必你们也各怀感慨。如果你们希望离开男爵领地,我不会阻拦。感谢你们对死去男爵的忠诚,我会尽可能予以援助。若想调到别的诸侯家或帝国机构，我会尽量从中斡旋。若想回地上世界，我也会临时提供资金。若有其他想法，我也会最大限度帮助你们。当然，如果你们愿意留在这里，帮助重建，那是再欢迎不过。只是，这些都是后话。恐怕各位已经得知，现在帝国领地正遭受进犯。不过，想必很快就能解决。我相信星界军，你们也要有信心。并且，在一切恢复正常前，希望你们能够接受我的统治。然后，我打算和各位一起决定领地的未来，包括继承人之事。"

赛尔奈只有一瞬间暂停了手头的工作，立刻就边听广播边麻利地动起手来。广播结束之后，她关闭了无线电。因为信号里掺杂着不知是谁的抽泣，听着就心烦。

圆门已经密封好了。

赛尔奈站起身。

男爵死了？不关我的事。反正，我会成为克琉布王家的家臣。

此时联络艇的操舵室里却一阵大呼小叫。

"来不及是什么意思?!"杰特吃惊得尖起了嗓门。

现在联络艇的加速度大约只有一个标准重力，杰特依然背靠气闸室的门坐在地上。

"字面意思。"拉斐尔解释道，"刚才的战斗让燃料几乎耗尽，所以无法全力加速，必然要花费更多时间。即便选择最佳轨道，也会比敌军晚六小时才能抵达史法格诺夫。"

"亏你这种时候还能保持冷静，"杰特还是不太理解拉斐尔的性格，"平时明明动不动就发火……"

他话音未落，拉斐尔就竖起了眉毛。

"看吧，又生气了。"

"你就如此看不惯我冷静？！"

"不是这个意思。"

"那是什么意思？"

"我是想说……"其实杰特自己也说不上来，为什么拉斐尔的冷静会让他不快。

不过，他稍一自我分析就得出了答案。

到头来，还是拉斐尔在危急关头的沉着刺激了他的自卑感。如果对方年长许多，就比如前任费布达修男爵，他反而会感到可靠。可是，要让他向年纪更小的少女寻求庇护……就算不如亚维，杰特也有自尊心这种麻烦的东西。

"行了，二位。"前任男爵适时插嘴，给杰特解了围，"先说正事吧，殿下，接下来您有什么打算？无论如何也要赶去史法格诺夫吗？"

"这是我的任务。"拉斐尔说道。

"搞不好会直接赶上交战啊，"前任男爵仔细分析道，"想必您也设想过这种情况。如果您希望等骚乱彻底平息，完全可以休整一段时间再动身，我定会盛情款待。当然，如果您坚持要走，我也不会重蹈犬子的覆辙。"

"感谢你的美意，只是……"拉斐尔像是突然想到了什么，转头看向杰特，"你作何打算？"

"这个……"杰特不知如何作答。

既然已经确定会比敌军舰队晚到，那就没有必要再赶路。就如前任男爵所言，说不定会正赶上交战。如果战斗以帝国的胜利告终，他们完全没必要着急。如果敌人获胜，此行则无异于主动送死。

可是，他一刻也不想在男爵领地多做停留。比起理智上的缘由，更多是感情上的因素。

"我不是货物吗？"杰特最后放弃了思考，"怎么会有打算。"

"你还真没完没了。"

"抱歉啊，可我确实做不了决定。"杰特坦白，"不过，硬要选择的话，我感觉留下来比较明智。"

"是吗？"拉斐尔似乎也在犹豫，"前男爵，你也认为留下为好吗？"

"老实说，殿下，我也不知道。"

"阁下，你怎么这样，"杰特叫道，"太不负责了！"

"不负责？"前任男爵耸耸肩，"你这话说得也太无情了，少年，我可负不起你和殿下的责任。而且，在这个同时性崩溃¹的宇宙里，有些事必须回过头来才能做出评价。也不排除敌人进犯男爵领地的可能，说不定是在他们败退史法格诺夫之后。真到那时候，说白了，我这男爵领地可没法保护你们。所以又可以说，你们去史法格诺夫才是对的。"

"那你为什么劝我们留下？"

"少年，我并没有劝你们做任何事，仅仅表达了自己的态度。如果你们想在此逗留，我表示由衷欢迎；选择离去，我也不会强加挽留。至于如何判断，是你与殿下的事。"

"我要走。"拉斐尔毅然决然，"我接受的教育告诉我，不知该停还是该进时，就向前进。"

"这样啊……"杰特心想，这样也不错。

"你如何打算？"拉斐尔的提问出乎杰特意料。

"如何打算……"

"如果你想，我可以将你留在男爵领地。"

"别开玩笑。"杰特心头涌上一股无名火，他从没有过和拉斐尔分头行动的念头，"我是你的货物，你要保证把我送到史法格诺夫。"

"你也动不动就发火。"拉斐尔微笑道。

那是无比欣喜的微笑——至少在杰特看来是如此。

---

1. 同时性崩溃，根据爱因斯坦的狭义相对论，发生在空间中不同位置的两个事件，并不是绝对意义上的同时。故同时性会"崩溃"。

星界的纹章 II

# 4

## 踏上旅途的人们

推进剂还剩下不少，在工厂补充完反物质燃料后，联络艇就全力加速返回男爵领地。

拉斐尔边减速边靠近宇宙港。

联络艇停靠到之前分配的码头。

这次停靠不同于平常，停靠架并不在联络艇上，而是固定在码头，操作有一定难度。不过，多亏有空识知觉加上思考结晶的辅助，船体没有丝毫损伤。

"殿下，从这里进入可不是上策。"前任男爵警告拉斐尔。

"为何？"

"之前有一批家臣同犬子共同行动，"前任男爵解释道，"恐怕对他相当忠心。不知她们出于什么考虑，正在码头下面集结。所以呢，我把她们都关了起来。"

"有多少人？"

"我看看，有十一人，"前任男爵瞪着画面，"占家臣总数的五分之一。估计她们都有武器，堪称我这男爵领地史上的最强军队了。"

"可别说你打算开战。"杰特不安地说道。

"你把我当作什么人了？"拉斐尔有些不快，"我并不喜欢战斗，只在迫不得已时才应战。"

杰特眼神里明显流露出怀疑。

"放心吧，少年。"前任男爵安慰道，"亚维只要应战就会战斗到底，一旦开战，就不会讨价还价或者妥协，一定要打到底才算完。也正因为他们深知战争的可怕，所以会尽力回避。"

"真是这样吗？"

"翻翻历史吧，少年，帝国从没主动挑起过战争。"

"这话可不对。我的星系根本就不知道帝国的存在，却被帝国武力入侵了。"

"你的星系？是指海德伯国？"

"啊，也对，前男爵阁下并不知道。直到七年前，海德都是孤立于人类社会的星系。"

"原来如此，"老人点点头，"我大概能猜到你家的来历了。"

"唉，这倒不重要……"

"少年啊，希望你别不舒服。帝国只把星际国家放在眼里，会毫不留情地同星际国家战斗到底。不过呢，在和地上世界打交道时，甚至可以说是充满人情味，也极少发动地面战。其实，说白了，帝国对地上世界是居高临下的态度。就是字面意思，从宇宙俯视。地上世界根本不配当他们的对手。"

"心情复杂啊。"杰特嘴上这样说，心里却终于松了口气。

拉斐尔有种被排挤在外的感觉，忍不住说道："你们也是亚维，为何好像事不关己。"

"殿下。"前任男爵毕恭毕敬,"我是通过学习亚维的方方面面,才总算成了亚维。而这位少年,不,应该说是青年吧,这位海德伯爵公子阁下,还没能学到如何成为亚维。"

"我有好多东西必须适应呢。"杰特也跟着附和。

"可是,你们让我很不快,就像把我当作珍稀动物在评头论足!"

"不好意思咯。"

"抱歉啦。"

二人的致歉听不出丝毫诚意。

"你们真的让我极为不快。"拉斐尔强调。

"知道了。"

"总之,殿下,"前任男爵插嘴道,"能否请您绕到领主专用的码头?那里没有人。"

"行,管制功能在你掌控下吗?"

"当然是尽在掌握。"

"将停靠架松开。"

"倒是不成问题,不过用这台终端太费时间,还是把控制权交还给管制室吧。"

"可是……"

"当然,前提是她们愿意听我指挥。"

前任男爵拿起通话器,接通了管制室。简短交谈后,管制室主任家士姆伊妮修表达了忠心,前任男爵开始一连串的操作动作。

"她是否可信?"

"不用担心,就算她出尔反尔,我再把控制权收回来就行了。"

拉斐尔耸耸肩,呼叫道:"费布达修男爵领地管制。"

"这里是管制,请讲。"

"请求离港许可。"

"批准。请问何时离港?"

"<u>立即</u>。"

"收到,解除停靠架束缚。"

固定着联络艇停靠架的连接器随之松开。

拉斐尔动用空识知觉,配合载入的馆内地图识别出领主专用码头,以低速喷射的方式沿着男爵公馆屋顶向目的地驶去。

"呼叫费布达修男爵领地管制。"

"请讲。"

"申请停靠领主专用码头,并补充推进剂,请求许可。"

对方一阵沉默,画面上显示的面孔充满苦恼。

"批准。"姆伊妮修总算说道,"需要引导吗?"

"不必。"拉斐尔一口回绝,她还无法完全信任男爵的旧臣。而且,对具有空识知觉的操舵手而言,这种超短距离的航行根本不需要协助。

不消一分钟，拉斐尔就停靠在了男爵心爱的港口，推进剂立刻开始自动补给。

"好了，殿下。"前任男爵站起来，向她一鞠躬，"我得去平息官邸的混乱。还望您一路平安，将来有机会我再登门问候。"

"嗯。"拉斐尔颔首，"之前有家臣帮助过我，包括赛尔奈，或是阿尔萨，也许还有更多。我有话对她们说，能代为转达吗？"

"愿意效劳。不过，"前任男爵提议，"还是公主殿下亲自留言更好吧？"

"确实。"拉斐尔接受提议，将记忆片插进了电子手环。

一旁，前任男爵向杰特伸出手。

拉斐尔不明所以地注视着二人，只见伯爵公子惊讶地看着老人的手，随即伸手回握住。

"后会有期，少年。有空再来做客，给我讲讲海德伯爵家的创立故事。作为回礼，我会好好教给你做亚维的心得。"

"嗯，一定的。"

"最好，是在你有小孩之前。"前任男爵冲他眨了下眼。

"好。"杰特也露出笑脸。

前任男爵瞥了眼拉斐尔。

拉斐尔想起还有事要做，连忙把电子手环凑到嘴边。

"家臣赛尔奈，家臣阿尔萨，以及其他虽不知姓名，但协助过我的帝国国民们：本人，翔士修技生亚布里艾尔·尼·杜布雷斯克·帕琉纽子爵·拉斐尔，代表帝国以及我自身，向你们表达感谢。现在我无法带你们走，但我绝不会忘记约定。一旦情况允许，我将第一时间实现你们的愿望。我定会回来报答你们的好意，还望你们耐心等候。"

记录下留言后，她将记忆片从手环取出，交给前任男爵，"有劳了。"

"我收下了。"前任男爵郑重地将记忆片放进长衫的衣兜里。

"告辞了，前男爵，希望下次见面时你依然硬朗。"拉斐尔敬了个礼。

"殿下也是。"前任男爵简短道过别，消失在气闸室门外。

气闸室靠岸一侧的门开启，接着又关闭。前任男爵离开了联络艇。

确认老人离去后，拉斐尔呼叫管制室："申请升空并离开领地，请求许可。"

"批准。"姆伊妮修的声音听起来十分沉郁，"公主殿下，发生了这么多事，还望您体谅……"

"我知道。"拉斐尔结束了通话。并非因为冷漠，而是管制员的口吻太过悲伤，她不忍再听。

拉斐尔戴上控制手套，开始进行升空操作。

"没想到逗留了这么久啊。"杰特边说边坐到副操舵席。

"嗯,是啊。"拉斐尔应道。

联络艇顺利升空,朝着费布达修门与轨道交叉的方向开始加速。

"啊。"拉斐尔轻声叫道。

"什么?怎么了?"

拉斐尔低头看向覆盖着朱红丝绸的膝盖,"我忘打算归还长衫。"

"那就,掉头?"

拉斐尔打了个寒战,"不行,太过丢人,刚留下大话道别。"

"确实。"杰特一本正经地点点头。

"对了,杰特。"

"什么?"

"刚才你同前男爵相互握住手,那是做什么?难道你有特殊的性取向?"

"你在胡说什么!怎么可能,那是我老家打招呼的方式,没想到前男爵也知道。说起来,我听说这种问候方式是起源于地球时代,说不定地上世界的很多地方还保留着这种习惯。"

"曜。"有件事让拉斐尔有些在意,她思索一阵,想了起来,"可是杰特,你老家的问候方式不是往后跳吗?"

"往后跳?!我可不知道这么奇怪的问候方式。"

83

"这是你亲口所说。"

"咦?"

"你忘了吗? 就在第一次见面时。"

"有吗……啊。"杰特恍然大悟,"哦,是那时候。"

"你对我撒了谎?"

"也不至于是撒谎吧,没那么夸张。"

"先声明,我最恨有人对我撒谎。"

"真巧啊,我也是。"杰特弱弱地表示赞同。

"那你当时到底为何那样做?"

"啊,那是因为……"杰特垂下头。

拉斐尔恶作剧般地注视着杰特冷汗直冒的侧脸,"看来去史法格诺夫的路上有话题可聊了,你就好好想想如何说服我吧。"

"嗯,我尽力。"杰特声若蚊蝇。

到头来,他还是没能给拉斐尔一个满意的解释。

星界的纹章 Ⅱ

# 5
## 史法格诺夫之门

杰特吃着战斗配餐。被烤制定型的棒状食物想必富含营养，而且每种都有不同的调味，算得上口味丰富。只不过，全都是亚维喜欢的清淡味道。

他已经吃腻了。

杰特心想，从士们就没抱怨过吗？还是说，马尔提纽人和戴尔库图人的味蕾太过迟钝？

他很懊恼，早知道就让前任男爵分些食物了，可惜慌乱中给忘了。

杰特只好用带甜味的饮料把战斗配餐送下肚。

"杰特，史法格诺夫门已进入识别范围。"拉斐尔说道。

"哦。"杰特把垃圾留在空中，准备回头再收拾。室内没有重力，垃圾无依无靠地飘在半空。"情况如何？"

"尚不明朗。"拉斐尔凝视着画面，"有不少时空泡，但不知是敌是友……"

"要是敌人怎么办？"杰特当然知道问了也白搭，却实在忍不住。

"自然是强行突破，现在已经没有燃料供我们回头。对吧？"

"不用征求我的同意……你说是就是了。"这已经是他第几次深感自己的无能为力了？

"预计七小时后进入史法格诺夫门。"

"但愿能热情地迎接我们。"

"或许会热情到难以招架。"

"你真的是……"

"很擅长鼓舞人心对吧?"拉斐尔一本正经地接道。

"太对了。"杰特一弹垃圾,想让它沿着轨道向垃圾投放口飞去。谁知,这一弹完全没有准头,结果他不得不解开座席带,起身去收拾。

大约两小时后,已经能看清史法格诺夫周边的情况。

在扭曲的螺旋——也就是史法格诺夫门附近,徘徊着超过二十个时空泡。

"不妙啊。"拉斐尔用指尖敲着平面宇宙图显示出的画面。

"怎么了?"

"杰特,有个坏消息。"

"啊,我就知道,你不用往下说了。不过,你是怎么得出结论的?"

"因为并非星界军的行动模式。若是星界军在警戒,阵型会更加优雅。当然也不可能是运输船。"

"原来如此。"杰特想象起什么才叫"优雅的阵型"。

他想不出来。

唉,管他呢,如果运气好,主计修技馆应该会教。

"看来要花更长时间才能到拉克法卡尔了。"杰特叹气道。

实际上,他已经开始琢磨"人类统合体"的俘虏收容所住起来舒不舒服了。

很快,时空泡起了变化。其中一个时空泡向联络艇驶来,速度十分缓慢。

"质量相当大。"拉斐尔很冷静。

"那应该很好甩开吧?"

"仅指它的话。"

"太好了。"甩开那只时空泡并不意味着事态能有多大好转,他只是不想急着去看"人类统合体"士兵的尊容。

"不过,看质量,恐怕是战列舰的单舰时空泡。"拉斐尔道。

"有什么问题吗?"

拉斐尔只是鄙夷地斜视着他。

杰特这才想起来。战列舰配备有充足的机雷,能让敌人沐浴炮火。换在普通宇宙,它敌不过巡察舰。可是在平面宇宙,它是最强舰种。

画面里,蓝色光点代表联络艇,疑似敌方的时空泡被标记为黄色。

两个光点的位置关系缓慢地发生着变化。

一小时后,黄色光点来到蓝点和史法格诺夫门正中间。

蓝点鲁莽地往前猛冲。

"是敌我识别信号。"拉斐尔隔着头环按住空识知觉器官。

"帝国的?"杰特带着微弱的希望问道。

"看不出是哪方阵营,但能确定并非帝国。"

"偶尔还是让我意外一次吧。"杰特直想哭,但只能拼命忍住眼泪,"就不能骗骗他们吗?说我们是友军。"

"真亏你能想出如此卑鄙的点子。"拉斐尔似乎是发自内心在感慨。

"反正我就是没那么高尚。"杰特闹起别扭。

"总之,行不通。"

"我的预感也太准了。"

"来了。"拉斐尔皱起眉。

"来什么了?"无论是什么,肯定非常不吉利。

"停船命令。对方说,如不停船,就发动攻击。"

"你肯定不会停吧?"

"你希望停下?"拉斐尔一脸惊讶。

"不,怎么可能?"杰特迅速回答,虽然很言不由衷,"我只是确认一下。"

过了一会儿,拉斐尔说道:"快来了。"

这次饶是杰特也没再问"来什么了"。

从黄色标记分离出三个黄点,速度极快,甚至快过联络艇。

三个黄点急袭而来。

杰特盯着那几个光点,突然觉得,能在俘虏收容所里生活也挺不错的。

联络艇保持着航向。

杰特偷偷观察着拉斐尔的侧脸心想,难道她已经放弃了吗?

拉斐尔正凝视着画面,平面宇宙图上显示出好些或绿或红的虚线。

终于,拉斐尔控制起操舵装置,将联络艇的时空泡滑向一旁。

画面上的蓝点改变了前进方向。稍慢一拍,黄点也随之弯转。

别跟过来多好。

杰特咬紧牙关。

其实他真想号啕大哭,边哭边喊莉娜的名字。

可是,看到拉斐尔在身边拼命努力的模样,他强忍住了感情的宣泄。

努力?拉斐尔到底在努什么力?再怎么逃,机雷也会咬住不放,迟早会被追上。

忽然,杰特理解了拉斐尔的用意。她是在等机雷耗光燃料,所以在极力延迟与机雷相遇。

同时还必须尽量靠近史法格诺夫门,否则战列舰还会继续发射机雷。就算没被击中,他们自己的燃料也将耗尽。

上帝啊,如果你真的存在,请赶紧让它见底吧。

杰特凝视着黄色光点，在胸口划了个十字。早知道他该多去去教会，说不定就能更加平静地面对死亡。

主体的黄色标记又分离出三个点。

"谁'下单'要这种东西了?!"杰特忍不住叫唤。

"或许能赢。"拉斐尔忽然振奋起来。

"怎么说?"

"首批机雷燃料即将耗尽，所以才会重新释放……"

拉斐尔飞快解释的同时，先前的三个光点已经消失。

"太棒了!"杰特欢呼起来。

可是，他立刻想到新的机雷群，转眼又泄了气。

"放心吧，能逃掉。"

史法格诺夫门已经近在眼前。

扭曲的螺旋让人联想到蜘蛛巢，蓝色光点就像被小鸟追赶的蝴蝶。

拉斐尔左手戴起控制手套。

联络艇开始振动，证明引擎已经点火。

在此期间，黄点也紧咬在蓝点后方，并且距离逐渐缩短。

估计是为了照顾杰特，墙壁映出了外部影像，全是时空泡灰色的内表面。

杰特不由得看向身后。

后方的某一点绽放出白光，白光周围摇荡着彩色，眼看着逐渐扩大。

美到让人不快的景象，正是时空融合的前兆。

"进入战斗加速模式。"拉斐尔说道。

座席变化为睡床形态。

开始加速的同时，灰色中的彩光流动为带状，从身后向头顶覆盖，再经过前方绕至脚下，最后穿回身后，形成一个彩虹般的圆环。

时空泡是独立的宇宙，其中心是时空泡生成装置。如果仅有一台时空泡生成装置，它在宇宙中的位置会固定不变，在进入战斗加速模式时，看起来就像是时空泡在旋转——杰特目睹的正是这一效应。

尽管他知道原理，身体也能够清楚感受到加速，但眼前的景象依然让人费解。

"那玩意儿，该不会想一路追到普通宇宙吧？"杰特说道，他正承受着已经超过六个标准重力的加速度，并且加速还在继续。

"普通宇宙里，我们的加速性能更胜一筹。"

"那我就稍微放心了。"

眼看着黄点即将与蓝点重合，就在这时——

墙上的灰色和虹圈消失了，取而代之的是暗黑中的满目星光。

是普通宇宙。

杰特看向身后。史法格诺夫门的普通宇宙一侧，呈现出释放着磷光的球体。

"机雷呢?!"

"在那里。"拉斐尔告诉杰特。她已经第一时间靠空识知觉完成定位。

从平面宇宙转移时，具体会从"门"的哪个位置出来全凭概率。也就是说，即便从相同位置进入扭曲螺旋，也不一定会从球体的同一个位置出现。

敌方释放的机雷从不同方向相继出现在普通宇宙，在磷光映衬下十分醒目。

机雷仍想追踪联络艇，可它们的加速度却迟缓到可笑。

"太好了。"杰特欢呼起来，"不过，这边有敌人吗?"

"附近没有。"

"咦，那他们也太糊涂了。"连杰特这种外行都深知把守住"门"的重要。

"无暇顾及而已，你自己看吧。"在剧烈的加速中，拉斐尔依然能抬起手臂。

在拉斐尔手指的方向，几乎触手可及的距离里，浮着一个蓝色的球体。那是史法格诺夫侯国唯一的有人行星，名叫克拉斯比鲁。

克拉斯比鲁行星的夜面发出亮光，眨眼又重归黑暗。

"平面宇宙里的敌军并非在防范星界军从外部进入，而是为了封锁史法格诺夫。"

"意思是正在交战吗？"杰特哼哼道。

"嗯。"拉斐尔颔首。

"是我的错觉吗？行星怎么好像在我们正前方？"

"还用问，那是我们的目的地。"

"可是，那可是战场！"

"难道我们还有别的去处?!"

"这、这倒是……"

既然不能保证星界军一定获胜，待在这里傻等肯定不是上策。而且，从平面宇宙跟来的机雷依然穷追不舍，只是暂时拉开距离而已。说不定还会有新的敌人从"门"里出现。

话虽如此，杰特还是不喜欢冲进战场这个主意，怎么都喜欢不起来。

"帝国星界军，请求应答。这里是'哥斯罗斯号'巡察舰舰载联络艇!"拉斐尔通过音频通信发出呼叫。

数次呼叫后，总算有了回音：

"这里是通信舰队史法格诺夫基地。联络艇，汇报情况。"

"'哥斯罗斯号'巡察舰于伊图姆五三三领域遭遇来历不明的时空泡群，本艇携带母舰航行日记及非战斗人员先行撤离，现正抵达侯国。"

"收到，联络艇，以上事项涉及军事机密，严禁在通信中透露细节。"

"收到，史法格诺夫基地，请指示。"

"很遗憾，本基地无法接收贵艇，请自行判断。"

拉斐尔咬紧下唇，"收到，史法格诺夫基地，本艇将自行判断。期待捷报！"

"希望渺茫啊，联络艇。"通信中传来一声干笑，"不过……胜利属于帝国！"

通信就此中断。

"意思是他们会输吗？"杰特无论如何也想确认一下。

"这是必然，"拉斐尔非常激动，"配备至各邦国的军队极少，仅靠一个通信基地，岂能抵御全面进攻！"

"抱歉，我不该问的。"

"不……"拉斐尔道，"抱歉，杰特……最终，我仍没能安全将你送达。"

"又不是你的错。"杰特几乎是机械性地答道，"那敌情如何？"

"离我们还很远。不过，有三艘正向我们驶来。"

"这帮人也太喜欢三这个数字了吧。"

杰特看向前方——按感觉应该是上方——克拉斯比鲁行星更大了，几乎占据整个视野。

看不见敌军。

不过，有细丝模样的东西缓缓离开星球昼面，吸引了杰特的注意。

"那是什么?"

"像是轨道塔。"

"这样啊,轨道塔啊……"

遭到破坏的轨道塔旋转着,在史法格诺夫恒星的照耀下闪闪发光。

"于法真卑劣,轨道塔并非军事基地……"

"请问……"比起敌人的品性,还有更重要的问题需要担心,"这艘联络艇能着陆吗?"

"着陆?"拉斐尔不明所以地看着杰特。

"可不是,轨道塔都没了,那就只能去地面着陆吧。"杰特一哆嗦,"难道不可以……"

"不,应该可以。"

"应该?什么叫应该?"

画面上显示出亚维文字。

拉斐尔瞥了一眼,"确实可以。"

"你先等等,难不成直到现在这一刻,你都没考虑过着陆吗?"

"嗯。"拉斐尔有些心虚地点点头。

"别说是着陆,你甚至都没想过降落到那颗行星吗?"

"嗯。"

"那你干吗这么着急赶路?"该死,身体好重,到底要加速到什么时候……

"我想参战。"

"拿什么参战?！这是非武装艇，你不会想用对付男爵那套吧?"

"我没细想。可是，或许我能帮上忙。你看，现在我就吸引了三艘敌舰。"

"也许你是这么认为的。不过，在我看来这只是自杀的一种形式。"

"确实是我过于轻率了。"拉斐尔垂下眼,"你也在艇上，我却没经你同意……"

"经我同意……"杰特的情绪突然爆发,"你、你这个大笨蛋！"

拉斐尔一下子瞪大双眼，立刻又惭愧地说道："你训斥我也理所当然，是我轻视了你的生命。"

"不，我这条命根本无所谓！啊，不对，不是无所谓，最起码我对自己给予了重大的关注。但我想说的是，你自己的性命。"

这次，拉斐尔的双眸染上了怒意。"是我把你卷进胜算渺茫的战争，我道歉，也已准备好接受最残暴的报复。"

"什么叫残暴的报复?"杰特气喘吁吁,"你是打心底认为我会对你进行残暴的报复吗?"

"不过，"拉斐尔没把他的话听进耳朵里,"我自己这条命，还轮不到你指手画脚!"

"是啊,确实轮不到我,"杰特大吼起来,"但我要把心里话都说清楚。你明明有那么长的寿命,干吗非要急着去死?你起码考虑一下怎么活下去啊,拉斐尔!"

"我并未急于送死。"

"不是送死是什么?你还说什么迫不得已才会应战,是在骗我吗?"

"战争已经开始,杰特,这里是战场。士兵在战场上应当做什么,还用问吗?"

"哦,是吗?你想战斗就去战斗吧。但我还不是士兵,你把我放到那颗行星上!"

"好!反正你在战场也毫无用处!"

"你也一样,开着这艘小破艇能干什么?!"

两人大眼瞪小眼。

先移开视线的是拉斐尔,"抱歉,杰特。"

"今天真是我这辈子最值得庆贺的日子,"杰特放松下来,"公主殿下竟然对我道了两次歉,在贵族社会也值得炫耀一番啊。"

"杰特,别挖苦我。不过……你是对的。即便我用这艘联络艇应战,也无济于事。不只是你,我也无能为力……"

"这也不是你的错。"杰特宽慰道,"之前我也说过,你帮了我的忙,我很感谢你,这是真心话。虽然现在我一点儿用处也没有，不过或许有一天我也能成为别人的依靠。我想活到那一天，也希望你活下去。"

"嗯。"拉斐尔简短作答。

恐惧连同愤怒一起退去，杰特刚才还仿佛被掐紧的心脏已经恢复平稳的跳动。

算了，总会有办法。

杰特做好了思想准备。

就遵照亚维的作风，只考虑怎么活下去。

最起码，死在宇宙空间里眨眼就会断气，不会有长时间的痛苦。

干脆直接睡过去或是失去知觉？反正加速这么难受，要是一睁眼就已经到了天堂，也不失为一种浪漫的体验。

然而，很不巧，他现在无比清醒。

不一会儿，通信器里响起了呼叫声。

"是通信基地吗？"

"不，电波来自前方的宇宙战舰。"

"敌人吗？很近？"

"嗯，相当近。"

杰特眯起眼，蓝色球体的背景上，有颗粒似的光点，或许那就是敌舰。

拉斐尔接受了通话。

"Pan dongu zopu kosu ri ji. Neiku go sheku……"通信器里

传出杰特听不懂的语言。

"这是什么语？"

"'人类统合体'的通用语，意为停止加速，否则进行攻击。"

"你能听懂？"

"嗯，修技馆会教授。你去主计修技馆也会被要求学习的。"

"太烦了，我好不容易才刚学会亚维语。"

"放心，这种语言极易掌握。但相应的……"拉斐尔也一脸厌烦，"十分枯燥，优美程度丝毫不能与亚维语相比。"

"或许吧。"杰特竖起耳朵分辨着无法理解的语言，听起来像是在重复相同的内容。

拉斐尔并未做出任何回应，而是直接切断了通话，看来她从一开始就不打算进行沟通。"我还期待他们能说些意料之外的话。"

"我可不想被这些无趣的家伙杀掉。"

"同感。"

很快，敌舰已经清晰可见。敌舰以各自为顶点，组成一个等边三角形。

"杰特，有个好消息。"

"我都好久没听过好消息了。是什么？"

"主战场被挡在行星另一侧，现在我们只需应对他们。"

"太棒了。不过说不准什么时候会从背面多派人手吧？"

"嗯。但可能性很低。"

"那就趁可怕的大叔们暂时离席，赶紧躲到行星上吧。"

"前提是能躲过他们。"

敌舰眼看着越来越大。

重力忽然消失，杰特来不及反应，险些从座席的右侧滑落。

他已经在与男爵的交战中体验过这种感觉，联络艇在利用无序喷射来躲避敌舰的炮火。

刹那间，杰特右手的空间划过闪光。如果不是错觉，那应该是敌舰发射的凝集光或者反质子流与浮游颗粒发生的反应。

不管何时看到这番景象，总会让他起鸡皮疙瘩。

重力瞬息万变。杰特心想，起码现在他固定在座席上，肯定比在男爵领地那时强。结果却大错特错。现在他要么被挤压，要么被悬挂，要么被倒吊，要么被左摇右甩……

忍住，要忍住。

胃里的东西往上翻涌，杰特强忍着呕吐感。

这种时候，操舵的和乘客哪个更难受？

能看到一艘敌舰在正上方，一艘在正下方，另一艘在左侧。

与敌舰的近距离接触只是一眨眼的工夫。

等重力终于稳定下来，在大后方能隐隐约约看到敌舰的驱动焰。

"甩、甩掉了？"

"嗯。即便他们掉头，也追不上了。"

"没想到这么轻易就躲过了。"

"正所谓无知是福，"拉斐尔有些惊讶，"凝集光就在距离我们二十达珠处擦过。"

"要是打中了，会很惨？"

"想必我们现在已经成为一块等离子体，正在扩散吧。"

"真有文学性。"杰特嘀咕道。

拉斐尔打开通信器，对方劈头就喊："Ku rin mapu asu tangu kipu!"

"他说什么？"

"我可是淑女，"拉斐尔气得满脸通红，"这种话如何说得出口！"

"啊……我懂了。"

"即将减速，你可别叫嚷。"

杰特顿时觉得天旋地转，上方能看到史法格诺夫门，下方是克拉斯比鲁行星。

"减速，要减多少？"

"现速极快，减速会相当难受。"

"还请高抬贵手。"

"你希望我高抬贵手,然后在大气层被烧光吗?"

"我怕热。"

"那就忍着。"

减速开始了。相比之下,之前的加速简直不值一提。

柔软的座席托住杰特的身体。他的肋骨几乎要被压碎,手指脚趾开始失血,眼前一片鲜红。

杰特咬紧牙关忍耐着。

他瞥了眼旁边,拉斐尔的脸上也渗出了汗珠。

不知过了多久。

影像突然消失,没有了星空和蓝色球体,只剩下乳白色的内壁。同时,他的身体也轻巧起来。

"怎、怎么了?"

"放心,只是卸除了舰体。"

"只是?!"

"总不能携带反物质燃料进入大气层吧?还要考虑别给人添麻烦。"

"可是,卸掉舰体……"杰特心想,确实很有亚维的偏激作风。

"联络艇在设计时就没考虑过着陆,"拉斐尔飞快解释起来,"着陆和紧急逃生没什么区别。"

"没有舰体能成功着陆吗?"

"有舰体就无法着陆。"拉斐尔有些烦躁,"我也很怕,这是我首次进行着陆!"

"首、首次?!"

"我曾说过,我从未到过地上世界。"

"可是,起码该训练过……"

"仅仅是模拟训练。"

"你更怕什么,着陆还是地上世界?"

"都怕!!"

答案充满说服力。

杰特选择闭上嘴。抵抗恐慌是一项孤独的任务,还是别打扰拉斐尔了。

振动开始了。

克拉斯比鲁行星的大气粗暴地接受了联络艇——虽然只是联络艇的一部分。

振动愈发剧烈,杰特庆幸,还好看不到外面。

不久,振动停止了。

座席从睡床慢慢变回座椅。

奇妙的失重感让杰特心里有些怀念。很久很久以前,在他唯一一次从轨道塔下到地面时,曾经感受过相同的失重感。

对啊……

那时他也充满恐慌,甚至没心思去看陪同的客房服务员长什么样。

在这下面会是怎样的世界……

杰特忽然一惊,"差点儿忘了。"

"忘什么?"拉斐尔一脸诧异。

"需要这颗行星的信息,这艘联络艇上有吗?"

"啊,应该有,储存在思考结晶的记忆巢里。"

"太好了!思考结晶,调出史法格诺夫侯国的资料。"

画面上出现《史法格诺夫侯国》和大条目,下面罗列着《历史》《地理》《产业》等小项。

"请指定条目及操作内容。"人工语音说道,"操作内容包括参照、追加、复制……"

杰特将扶手上的接线连上电子手环,命令道:"复制所有资料。"

"执行"的文字闪烁两次,变为"完成"。

"思考结晶,没事了。"杰特拔掉接线,摸了摸电子手环。

还好他及时想到,信息的有无大不一样。

不过话说回来,为什么拉斐尔没想到事先了解一下避难地呢?星界军难道没有紧急着陆程序吗?

杰特正想发问,却突然遭受到一股剧烈冲击。

"我们……着陆了?"连他都为自己的声音丢人。

"嗯。"

他能感到身后有风吹来,拂动着发丝。

杰特回过头。

通往气闸室的门大敞着，不过门外并非气闸室。操舵室漏出的光线照出一片麦秆色，高大的植物正在黑暗中摇曳。

是陆地。

"杰特，动作快，或许上空有人监视。"拉斐尔解开座席带，催杰特也赶紧起身。

"啊，好。"杰特站起来。

"打开！"拉斐尔对座席下达命令，座席向后倾斜了九十度。

"是通往地下室的秘密入口吗？"

"笨蛋。"

座席下面是收纳格，盖着从男爵领地借用的长衫。拉斐尔把整套长衫掀到一旁，露出两把凝集光枪。

"拿上。"

杰特边接过枪和配件边说："我就在想你把它们藏哪儿了。"

"并非隐藏。空间有限，我只是趁你打盹儿时收捡起来而已。"

"我知道，你不用挨个解释，我只是贫个嘴。"杰特装上枪套，佩好枪。

"还有这个。"拉斐尔递来一只背囊。

背囊上写着"地上紧急避难用"几个小字，里面装着好几包战斗配餐，还有一些工具和药品。

"应该没过期吧？"杰特怀疑地盯着战斗配餐。他合上背囊背到身后，还好并不重。

拉斐尔最后取出一只吊坠模样的东西，挂到脖子上。

"杰特，"她用掌心托着吊坠，放到杰特眼前，"这里装着'哥斯罗斯号'巡察舰的航行日志。万一我死了，希望你带上它逃走。"

"干吗说这种晦气……"杰特被公主严肃的眼神镇住了。

"我是说，以防万一。"

"呃，嗯，"杰特点点头，"知道了。"

拉斐尔也点点头，将吊坠塞进了军服领口。接着，她对思考结晶下达命令："准备自毁。"

画面中跳出一行字：

自毁准备完毕。

"还有什么需要从思考结晶拷贝的吗？"拉斐尔问道。

"没了。"杰特摇头。

"是吗？"拉斐尔一脸不舍，"思考结晶，就此别过。基于保密规定，实行自毁。"

"执行。基于保密规定，删除一切信息及处理系统。祝您一路平安。"

画面上出现两只眼睛，缓缓垂下眼帘。双眼完全闭起后，画面消失了。

这机器真瘆人，杰特心想。

不过，拉斐尔明显有不同感想，她冲着画面敬了个礼。

"好了，动身。"拉斐尔敬完礼，伸手扶住门沿。

"啊，先等等。"杰特扑向拉斐尔扔在一旁的长衫。

"你在干吗？"拉斐尔折返回来，看向杰特手边。

"还需要钱。"杰特翻开扔在地上的长衫，捡起了饰带。白金底座上镶嵌着红宝石，应该能卖个好价钱。

"钱？"拉斐尔不明所以，"我有钱。"

"什么？"

"你看，"拉斐尔操作起电子手环，"有五千斯卡尔。是父王殿下给的，还不曾用过。"

在戴尔库图行星，二十斯卡尔就相当于杰特一个月的生活费。这样一比较，五千斯卡尔堪称巨款。

可是……

在被敌军占领的行星上，帝国的标准货币还能用吗？况且这只是电子手环里的数字，又没法查询，会有人相信吗？

杰特先是无语，不过立刻明白过来。

虽然拉斐尔彻底打碎了他心目中的公主形象，不过她毫无疑问是星界的公主，肯定从没自己买过东西。

"走吧，回头再跟你解释。"杰特把饰带塞进背囊，走出了联络艇。

他回头看向一路将他们送至这里的小艇。

球形的上部伸展着四片翅膀模样的结构，估计是靠它们产生空气阻力，借此减缓下降速度。

如果从上空看，恐怕确实很显眼。

必须争分夺秒离开此地。

"要跑吗？"拉斐尔问。

"只要你跑得动。"

"这话如何理解？"

"意思是你不累的话。"

"我不累，我倒担心你。"

"我把话说在前头，拉斐尔，我比你更习惯在地上跑。"杰特奔跑起来。

"慢着，杰特，我的眼睛不对劲！"拉斐尔叫道。

"你说什么？！"杰特惊讶地停下脚步。

拉斐尔在即将走出操舵室时停住了。她抬头仰望着天空，"我看到的星星好像在闪烁。"

杰特也仰头望向夜空。星空万里无云，杰特看到的星星也忽明忽暗。不过，他并不认为视觉出了问题。

"在帝都能够立刻接受治疗，可是这里……"拉斐尔毅然看向杰特，"我不愿成为累赘，若我最终失明，你不必在意，带上航行日志单独逃走……"

"难得你表现出自我牺牲精神，抱歉要给你泼冷水了。"

杰特打断她的话，"你的眼睛没毛病。"

"你不必安慰我。"拉斐尔的表情十分严肃。

"并不是安慰。因为有折射，隔着大气看星星就会一闪一烁。"

"当真？"她借由操舵室漏出的光线揣摩着杰特的神色。

"我还没机灵到能当场编出这么科学的谎话，在地上世界，星星本来就是闪闪烁烁的。这下你放心了？"

"算是。"拉斐尔不情不愿地承认。不过，从语气中能听出来她放心了。

"看来你受的教育相当不全面啊。"

"杰特，闭嘴。"

"我当然会闭嘴，跑起来可不好说话。"

周围似乎是一片农田，因为整齐排列着同样的作物。

杰特并不认识这种农作物，不过看起来像是谷物，穗子蹭着他的头顶。

庄稼之间的间隙刚好够单人通行。地面虽有潮气，不过并未泥泞到绊脚，反而柔软得恰到好处，正适合奔跑。

二人跑出一段路后，夜空发生了变化。

大气层外的战斗生成大量带电粒子，正降至克拉斯比鲁星上。带电粒子织成红绿色的幕布，飘飘荡荡。

星界的纹章 Ⅱ

# 6

# 史法格诺夫侯国

史法格诺夫子爵出生于帝国历六四八年。

索斯埃·卫弗·赛拉尔·达格雷在亚克缇雅战役中出任舰队司令长官，立下大功，受赐史法格诺夫星系。

史法格诺夫星系内主要有七颗行星，其中第三行星改造后可供人居住。该行星大气的主要成分为一氧化碳，缺乏氢，不过这只是小问题。

首任史法格诺夫子爵达格雷，从索斯埃家的家纹"银枝与蜗牛"获得灵感，将这颗行星命名为"克拉斯比鲁[1]"，开始着手改造。

孕育新的有人行星有相应程序。

首先是筹措资金。改造行星需要巨额资金，但只要没有太大疏漏，都能实实在在地收回成本，所以从不缺投资者。

不过，达格雷直接跳过了第一道程序。因为索斯埃家世代从事投资，积累了庞大的财富，并不需要另寻资本。

第二道程序就是行星改造本身。

帝国有众多行星改造技师公会，提供从基础调查到完善生态系统的一条龙服务。

克拉斯比鲁也引入了其中一个公会。

公会首先改变了星系外沿一颗冰行星的轨道，让它撞击克拉斯比鲁。大量水蒸气覆盖行星，形成暴雨冲刷地面。积

---

1. 克拉斯比鲁，"蜗牛"的亚维语发音。

水成河，汇聚为海。

接着，是播撒以藻类为主的微生物。微生物爆发式繁殖，将碳吸收进体内，释放出氧。它们的残骸堆积在只有岩石的行星表层，成为土壤。

更高等的植物被引入行星，类似沙草或熔岩松，主要是生长迅速、在贫瘠土地也能生根的种类。植物提高土地的保水能力，将无机质合成富含营养的有机质。随着植物世代交替，土壤也愈发肥沃，对生存环境要求更高的植物也得以扎根。

接着再将鱼群放进江河湖海，陆地上则引入环节动物[1]和昆虫。

虽然大幅省略了诸多步骤，顺序也有所改变，不过在短时间内就重现了地球要耗费上亿年才能完成的进化。

第五十年，就已经构建出包括高等哺乳动物在内的生态系统。

行星改造就此完成。

照惯例，下一步就该迁入居民。

然而，克拉斯比鲁却并未招揽移民。

此时已是第二任史法格诺夫子爵德斯克雷继承爵位了，

---

1. 环节动物，动物界的一个门，该门动物为两侧对称、同律分节的裂生体腔动物，有的具疣足和刚毛，多闭管式循环系统、链式神经系统。常见环节动物：蚯蚓、蚂蟥等。

他却丝毫没有兴趣让领民入住改造好的行星。

其理由并未对外公布。

或许他是想将整颗行星作为自己的庭院。假设如此,这将是群星眷属引以为耻的欲望。亚维总是以居住在宇宙空间为傲,即便是诸侯,也住在轨道官邸,极少下到地上世界。如果身为亚维却想独占地上世界,无疑是彻头彻尾的丑闻,也难怪会对外保密。

不过,也有善意的看法,认为领主是在等待星球进化出适合领民的智慧生命。如果属实,这种疯狂倒十分符合亚维的风格,史法格诺夫子爵家没有理由不吹擂一番。

无论如何,当第三任史法格诺夫子爵爱德雷继位,才终于开始迁入居民。

征得领主和领民政府的同意后,十三个有人口过剩倾向的邦国设立了招揽移民办公室。

帝国历七二九年十一月二十九日,成为克拉斯比鲁行星的迁入历元年一月一日。

史法格诺夫子爵爱德雷为帝国领地增添了有人行星,立下功劳,被授予伯爵头衔,进入诸侯之列。同时,旧称史法格诺夫子爵领地的星系成为史法格诺夫伯国。

迁入历九三年,星系人口更是超过一亿,伯国被提升为侯国。

现在,克拉斯比鲁行星的人口约为三亿八千万,共有二十一个州，州首相会议的议长即领民代表。

杰特一边用电子手环听着介绍，一边环顾四周。

他正坐在一个小山丘上，或者更准确地说，是块巨大的浮岩，石头上布满窟窿。

放眼望去，四周全是农田，农作物一直蔓延至地平线。如今水耕种植已经相当发达，不过行星上依旧利用自然的水和光。即便考虑进行星改造的折旧费，这也是更加低廉的粮食生产手段。

从小丘看去，这些农作物像是小麦。可能因为小麦是他最熟悉的谷物，所以就产生了这种错觉；也可能这些确实是生物工程培育出的巨型小麦。

杰特决定就当它们是小麦了，反正也不会影响现状。这片小麦随风摇曳，滚滚麦浪从右向左连绵起伏。

简直就像金色的海洋，浮岩山丘则是一座小岛，孤零零地探着头。

遥远的右手边，似乎是一片森林，看上去也像一座岛。森林上方有东西在盘旋，也许是行星的交通工具，抑或是……

好一派田园牧歌的景色，难以想象正处于战时。

现在正值日暮，昨晚他们连夜赶路，黎明时分才抵达这座小丘。

杰特筋疲力尽，幸好发现了一个近似洞窟的大窟窿，他钻进去倒头就睡。当然，拉斐尔也一样。

考虑到现状，他们理应交换着放哨，其实杰特本打算默默担起这一职责。可是，疲惫实在深入骨髓，他转眼就睡得不省人事了。

等醒过来，已经是傍晚。他想趁着天还没黑看看周围，于是留下还在熟睡的拉斐尔，独自登上了小丘。

杰特关掉语音资料，调到本地广播频率。

一名中年妇女的脸出现在电子手环的小画面上，她正在演讲。

一开始，杰特完全一头雾水。联络艇有限的记忆巢里并未包含语言资料，没法使用电子手环的翻译功能。不过，听着听着，他发现这是亚维语：

"我们、必要、感谢、组织、人类、统帅、共同。理由、他们、解救、我们、离开、统治、属于、亚乌。现在、我们、必要、站起、自身、政治、属于、我们、相似、真实……"

杰特听到的是一连串单词，并非帝国通用的正式亚维语，应该是经过了简化。

亚维语复杂在词尾的变化，简化语去掉这部分，只按词序来确定语法位置。恰好这些词序很像马汀语，只要适应了克拉斯比鲁的口音——比如将亚维读作"亚乌"——他就能听懂七七八八。虽然夹杂着一些亚维语里没有的奇怪单词，不过也能猜出个大概。

简言之，这名中年妇女表达的是"要感谢'人类统合体'

将他们从亚维的统治下解救出来"。

既然在放这种东西,看来星界军还是战败了。

杰特平静地接受了现实。

他早有心理准备。

接下来只是等待帝国再次占领这里而已。

杰特切换起广播波长。

画面变为城市的街景,似乎是部电影。

杰特一笑,这种时候居然在放娱乐片。或许是某种形式的抵抗?

这里和戴尔库图行星一样,都是亚维开发的世界,居民的祖先都是接受亚维统治自愿迁入的移民。与马尔提纽那种被武力征服的行星不同,这里应该没有太多的反亚维情绪。

不,也许他们只是毫不关心而已。在他们看来,无论宇宙由谁来统治,都与地上民无关。

比起剧情,杰特反而对电影里人们的装束更感兴趣。

亚维的服饰没有性别差异,无论男女都穿连体衣。

不过,在这里,连体衣似乎是男性的专利。女性则穿带袖的贯头衣,还有及膝长靴。

杰特关掉节目,测定起目前的所在位置。

行星上有若干定位信标,杰特凭借接收到的电波,比对起从联络艇思考结晶体里提取的地图。

不算太远处,就有个名叫卢努·比加的城市。杰特看着电子手环上显示的地图，对照周围的景色，确定浮在金色海洋中的那片森林模样的地方就是卢努·比加。

是去城里藏身呢？还是留在这片农田……

杰特权衡起来。

战斗配餐就剩九顿的量，省着吃也只够五天，之后就只能就地搜集粮食。

虽然这一片看来都是农场，可他并不知道该如何收割，也没有烹饪工具。而且，一想到不知多少天都要在野外过夜，他就心里发毛。

地上世界长大的杰特尚且如此，在人工环境里成长的拉斐尔肯定更难忍受。

还是去城里潜伏为好。

从这里望去，卢努·比加规模很小，似乎不怎么可靠，不过那里肯定有前往大城市的交通工具。

暮色迫近，杰特开始往山丘下走。

山丘算不上高，坡度却很陡。虽然手脚不愁没有支撑点，可是小丘正面十分脆弱，脚踩上去泥块很容易剥落。

杰特好几次险些摔落，最终还是下到了山脚。

他绕到背面，正准备往窟窿里钻时，一抬眼忽然发现正对着枪口。

"拉斐尔，是我。"杰特举起双手。

"你去了何处？"拉斐尔收起凝集光枪问道。

"稍微侦察一下。"

"我问你去了何处，而非去做了何事。"

"这么抠字眼啊。我去山丘上了。"

"笨蛋！"

"干吗骂我？"杰特愣了。

"若被发现如何是好？"

"放心吧，一个人都没有。"

"说不定上空有监视。"

"这样啊。"确实，敌舰肯定正从轨道上扫描着地表，说不定已经发现了杰特。"不过，还是不用担心。我又没穿长衫，看起来应该像当地居民吧。"

"别寄希望于敌人犯错。"

"知道了，我不会再轻举妄动了，我保证。"

"没错，不许一声不吭就离去。"

"因为你睡得那么熟……对了，还没跟你道早安。早上好，拉斐尔，虽然已经傍晚了。"

"大笨蛋！"

哎呀呀，闹脾气了。杰特耸了耸肩，没想到会发现拉斐尔这么孩子气的一面。

"保险起见，咱们还是换个藏身处吧。"杰特提议。

"嗯，最好如此，继续待下去也没多少乐趣。"拉斐尔站起身。

二人填饱肚子,做起出发前的准备。

杰特拿起一个放在洞窟深处的小器具,这是将大气中的水蒸气凝集为水的工具。容器已经蓄满,杰特把水分别倒进两只水壶,将其中一只递给拉斐尔。

两人背起背囊,离开了暂住一晚的山丘。

"我打算去城里。"杰特边走边说。

"城里?"

"嗯,总比在农田里捉迷藏要强吧。而且我想过文明社会的生活。"

"可是,没危险吗?"

"有啊。"杰特很干脆,他并不打算隐瞒,"可是,留在这里同样危险。虽然我并不是前任费布达修男爵,可我也不知道哪种选择才是对的。只是,在这儿弄不到食物。对不对?要是饿死在农田里,在各种有尊严的死法里肯定要排倒数第二了。"

"确实。"拉斐尔表示赞同。

她听起来不如平时精神,杰特有些担心。

"拉斐尔,你还没休息够吧?"

"我不累。"拉斐尔怒冲冲地答道,"干吗这样问?"

"我就随口说说。"真是的,杰特放下心来,这不就是平时那个动不动就生气的拉斐尔吗?"不过,如果你累了要说出来。"

"我说了，不累。"

"行行行。"

暮色越发浓郁，没过多久天就彻底暗了下来。

"杰特，"背后传来拉斐尔的声音，"你先走。"

"怎么了？"杰特诧异地回过头。

"别问。"星光下，拉斐尔的表情严肃起来。

"什么叫别问……要知道这里什么路标都没有，走散了怎么办？"

"那你就在原地等着。"

"行是行……到底怎么了？"

"都说了，别问。"

杰特更好奇了，她该不会又找到什么理由来发挥自我牺牲精神吧？如果是误会，必须趁早解开。

"拉斐尔，你听好……"杰特开始教育她什么是集体行动。再小的秘密也要共享，不能凡事想着自己解决，随时随地一起商量对策，这才叫伙伴。正因我们面临危机，才需要相互扶持，共渡难关……

一开始，拉斐尔还很老实，可是听着听着，她的眉毛就倾斜向危险的角度。

"杰特，你的迟钝程度可以匹敌冷冻蔬菜！"拉斐尔怒骂道，"总之，你待着别动，不许往我这里看！"

杰特目送着拉斐尔冲进小麦林里的背影，顿时没了力气。

他连忙别开视线，虽然黑黢黢的什么都看不见，不过必须尊重少女的羞涩。

对啊，就算她是美如雕塑的亚维，是君临九千亿帝国臣民的皇帝一族，同样无法摆脱某种生理上的需求。

杰特颓丧地坐到巨大小麦的根部。

自己费力又费心的样子，像极了小丑。

与此同时——

"人类统合体"维持和平军中，负责分析地表影像的情报收集宇宙战舰"DVE903"，在卢努·比加市郊外的耕地里，发现了帝国星界军的着陆舱。

工作组尝试查明着陆舱的来历，却并不顺利。这艘小型宇宙艇在平面宇宙躲过了宇宙战斗舰的攻击，又在普通宇宙从三艘宇宙驱逐舰眼皮底下逃走，关于它的记录被庞大错综的战场信息掩埋。要知道，征服一个星系可不是件小事。

但话说回来，只要花费足够时间，还是能查个水落石出。可是，工作组要做的工作实在太多。他们大致推测这是通信基地或者官邸的漏网之鱼，从着陆舱的状态判断，乘员很可能还活着。

工作组把这一发现上报给情报司令部，司令部将其列为低优先等级。

侯爵家和通信基地的重要人物，要么战死，要么被俘。司令部认为，无论着陆舱的主人是谁，都没有为之奔波的价值。

并且，史法格诺夫侯国警备队——史法格诺夫侯爵家的私人武装——仍在地表各处进行顽强抵抗，许多现任政府要员也在逃亡中。配备追踪机器的搜查组已经悉数出动。

没必要专门调拨人员，去追捕乘坐着陆舱逃到地面的漏网之鱼。

首先是彻底镇压地面，逮捕拘禁协助帝国统治的支持派，借此纠正居民的奴性。这才是第一要务。

至于星界军的残兵败将，大可回头再来收拾，反正他们回天乏术。


"哎呀！"杰特停下来，脚下的土块哗啦啦地往下掉。

前面是山谷，他险些滚下去。

"怎么了？"拉斐尔问。

"没路了。"

天还没亮，杰特凝视着前方，想判断山谷的宽度。可是夜色太暗，他没法估算。

他又尝试用电子手环的照明功能，不过最多也就只能照亮脚边。

忽然，旁边射出一束强光，大功率的探照灯照亮了对面。

只见拉斐尔端着凝集光枪，光束来自枪口。

"你那是怎么弄的？"杰特拔出自己的枪问道。

"你知道保险栓吧，将它调至'安全'与'发射'中间即可，会切换到'照明'。"

"有这么方便的功能，你怎么不早告诉我？"杰特抱怨道。

"忘了。"

"好吧。"确实很少有机会需要用枪照明。

杰特将保险栓调到"照明"，扣下扳机。

山谷比他想象中还宽，起码有一威斯达珠，倾斜的崖壁向左右延伸着。

不过，山谷并不太深，差不多五百达珠的样子。谷底也生长着巨大的小麦，能够俯瞰到穗芒。

"这可不好办啊。"杰特把枪收回枪套，蹲下来查看起悬崖。

崖壁并不完全垂直，却也没平缓到能够步行。看起来往上爬还相对简单，要往下则必须格外小心，难保不会摔落。

杰特放下背囊，在里面翻找起来。"有配备类似绳子的东西吗？"

"应该有碳结晶纤维。"

"很好，在哪儿呢？"

旁边的拉斐尔伸出手，从杰特背囊里取出一个棒状物体。

拉斐尔灵巧地转着圆棒，"你要用它做什么？"

"还用问，"杰特愣了下，"当然是用它下去。给我。"

杰特接过圆棒查看起来。戴尔库图行星上也有碳结晶纤维纺锤，虽然这根是军用的，不过大同小异。

碳结晶纤维收纳在圆棒中央位置，两端的大部分都被速干性合成树脂容器占据。如果是便宜货，要么只能直接使用纤维，要么一开始就覆着保护膜。而背囊里这只是最高级的款式，可以根据用途选择有无保护膜。纤维顶端的挂钩也支持多种功能，还可以远程操作。真不愧是星界军，在辅助装备上也舍得下血本。

杰特给纤维覆上保护膜，拉出挂钩。接着，将纤维缠绕在巨大小麦的根部，用挂钩固定住。

"那我先下去。"杰特握住纺锤，面朝崖壁往下降。

杰特一点一点地放出碳结晶纤维，一下一下蹬着崖壁。

他靠电子手环的照明确认下方五十达珠就是地面，完成了最后一跳。

"拉斐尔，该你了！"杰特望向崖顶叫道，他让纺锤进行自动回卷，松开了手。

纺锤一路展开着纤维上剥掉的保护膜，嗖地升上了悬崖。

"到我了！"拉斐尔就像在宣告某种重大的决心。

随着巨大的哗啦声，拉斐尔降了下来，她的碳结晶纤维拉到头了。

"你、你没事吧?"杰特冲上前。

"当然没事。"拉斐尔嘴硬,却痛苦地皱着脸。

"你别逞强。"杰特伸手把她拉起来。

"没逞强。"拉斐尔赌起气来,挥开了杰特的手。

"那就好。"杰特通过远程操作解除挂钩的固定,回收起纤维。他脚下落满了合成树脂的碎屑。

等收拾好纤维,杰特又拔出枪,照射起崖底。

"你在做什么?"

"找地方过夜,我们已经走得够远了。有了。"

前方有个洞窟。

杰特催着拉斐尔向新的住处走去。

洞窟很深,甚至于哪怕用凝集光枪照射,也看不到尽头。

杰特照着洞窟深处,仔细查看是否有危险。至少在目力所及的范围内没什么好担心的。

杰特放下背囊,用电子手环调出地图,看来他们已经很接近卢努·比加,距离还不足五十威斯达珠。

两人先吃起饭来。

杰特啃着没什么味道的战斗配餐,告诉拉斐尔他的计划:"我接下来会去城里。"

"你单独去吗?"拉斐尔皱起眉。

"是啊,这还用问。"

"为什么？有我不能进城的理由吗？"

"因为你身上的军服。"杰特指出，"穿着星界军的军服进入敌军占领的城市，你猜会怎样？"

"哦……"拉斐尔恍然大悟。

难不成她想都没想过？这可不是一句不懂世故就能解释的程度……

"所以说，"杰特将疑问和担忧藏进心底，"我先去城里置办一身不那么显眼的衣服。我会尽快回来，你就在这里等着。"

拉斐尔的眼底燃起激烈的情绪。

杰特慌了。她在气什么？难道我不小心说错话了？不对，道理都讲清了，而且如果她不同意，直说就是，没必要这样瞪我。

不过，紧接着拉斐尔就点了头，"嗯，明白了。"

"那就好。"杰特就着水咽下最后一口战斗配餐，站起身来。

"你这就走？"

"嗯，必须抓紧时间。"

"或许你是赶着迎接毁灭。"

"别说穿啊，我心里也有点这么怀疑呢。"

杰特从背囊里取出饰带扣头，塞进连体衣的衣兜，还带了够吃三顿的战斗配餐，别的都留在这里。

电子手环让他犯了愁。手环是标准的帝国样式，在地上世界十分罕见，眼尖的人或许会看穿杰特的身份。就算猜不到他是贵族，也可能怀疑他是国民。如果想在城里伪装成领民，恐怕还是不戴为好。

话虽如此，他又舍不得放下电子手环这样方便的工具。而且，遇到紧急时刻，他还必须确保能联系上拉斐尔。

最终，他摘下手环，也塞进了衣兜。

"你不带枪？"拉斐尔惊讶地问道。

开什么玩笑。

杰特耸耸肩，说道："反正，真遇上枪战，我又没胜算。"

"哼，你真豁达。"

"并不是。要是带着星界军的枪，一下子就会暴露。"

"啊，原来如此。"

"很高兴你能理解。"杰特叹气道。

同时，杰特不安起来，他并非担心自己。他不知道会在城里遇上什么，自然有些忐忑。不过，他更不放心把拉斐尔单独留下。

这名亚维少女在宇宙空间仿佛无所不能，可是稍微涉及地上世界常识性问题时，却迟钝到不可思议。

不，应该不要紧，杰特对自己说道。拉斐尔的确缺乏常识，不过都表现在与社会活动脱节上。先不说进城之后的问题，仅仅是避人耳目躲在这里，她应该能照顾好自己。

避人耳目？果真是如此吗？搜索队现在很有可能正在步步逼近。

要是这样，他又有了新的担忧。星界军因其性质，不太重视单独行动。没有受过相应训练的人，很难独自保持足够的警戒。

杰特当然也没受过训练，不过外表看起来不像亚维，这是他的优势。只要他不说，没人会当他是贵族，最糟糕的情况也可以自称国民搪塞过去。像史法格诺夫这样的大国，国民的数量肯定不少，敌军不至于对一介国民有多大兴趣。

反过来说，如果有人看到一头蓝发并且身着帝国军装的拉斐尔，还认不出这是亚维，那杰特真想拜见一番此人的尊容。现在对拉斐尔而言，被人看到就意味着最大的危机。

杰特左思右想，决定设置一个原始的报警器。

"你出去的时候小心一点。"杰特说着抽出碳结晶纤维，这次没有覆盖保护膜。他将挂钩扣进及膝处的岩石，水平拉直。达到一定长度后，改变设定让后续释放的纤维覆上保护膜，最后将包裹着合成树脂的这部分牢牢系在对侧的突起上。

"这有何用？"

"如果有人进来，靠这个你就能知道。"杰特指着没有覆膜的碳结晶纤维解说起来，"喏，这种纤维肉眼看不出来，却比任何刀具都更锋利。所以说，如果什么都不知道就想进洞窟，那就会——哇！"杰特亲自表演了尖叫，"被刷的割破腿。不正是实用的警报吗？"

拉斐尔歪着头，"若是普通人不经意碰到呢？"

这他倒没考虑。

最糟糕的情况，就是毫无恶意的普通人会被他的攻击切断腿脚，委婉地说也实属野蛮行径。

不过，杰特很快打消了内心的念头。

"那也是没办法。"他啪地打了个响指，"纯粹因为运气不好倒大霉，又不是没有这样的例子。"

杰特出发后，拉斐尔抱着一侧膝盖坐在地上。

她用电子手环接收起本地广播。

杰特的口音也很重，不过克拉斯比鲁行星的土话甚至听不出是亚维语。虽然还留有少许亚维语的痕迹，听起来起码比"人类统合体"的公用语优雅，但她依然一头雾水。

拉斐尔不再尝试去理解。

她呆望着外面逐渐泛白的夜色，思考起自己的处境。

情况与她预想的很不一样。

从着陆那刻起，杰特就彻底掌握了主导权。

这让她很不开心。

直到把杰特送上帝国的舰船，她的任务才算结束。她必须想方设法保住杰特和航行日志。

可是现在,简直就像杰特在保护她。

这样的现实让拉斐尔难以接受。

最让她不服气的是,将主导权交给杰特之后反而更加顺利。

他靠得住吗?拉斐尔自问。

见过他在真空里手忙脚乱的样子之后,怎么也要打个问号。

拉斐尔将脸颊靠在支起的膝盖上。

拉斐尔当着杰特的面是在逞强,其实她累坏了。如果能消除肌肉的乳酸,她甚至愿意接受是赫莉亚[1]为她提供了遗传基因。

克拉斯比鲁的表面重力与多数地上世界相同,是亚维标准重力的两倍。拉斐尔甚至体验过十倍的加速,不过那是舒服地躺在耐加速座席上,这是她第一次在两倍标准重力的环境下长时间行动。

本来她就不需要一直走路。

即便考虑进这层因素,仍然很丢脸。亚维的身体经过改造,即便在更高的加速状态中也能活动。从前祖先们没有重力调控装置,肯定不会因为这点儿重力就叫苦。

虽然星界军为舰艇配置了紧急避难性质的着陆功能,不

---

1. 赫莉亚,《星界的纹章Ⅰ:帝国公主》篇里,拉斐尔家养的猫。

过并没倾注多少心血去考虑效果。毕竟，当舰艇陷入危险时，几乎很少碰到有氧行星。

所以，相关训练也未受重视。教授着陆程序时，也只是让乘员降落后留在原地，等待地上救援。

毫无疑问，目前的状况无法指望迅速得到救助。她对星界军的配置算不上熟悉，不过起码也要花个十天，才会为区区一介翔士修技生派遣救援。或许还要做好思想准备，等待翻倍的时间。不，或许永远不会有救援……

在此之前，他们就会断粮，遇上敌军对残兵败将的围捕。

无论杰特靠不靠得住，现在都只能依赖他渡过难关。

他啊——睡着的刹那，拉斐尔勾起一丝微笑——下到地面之后，异常有精神，明明这里比费布达修男爵领地还要危险。

当她醒来，发现杰特不在身边时，心里一阵忐忑。这并非源自对任务失败的恐惧，而是不知今后如何是好的慌乱。虽然难以置信，但拉斐尔的确在依赖杰特。这位帝国的公主，还从未在私底下求助于人。

也没什么不好，毕竟，半径一百光年内，她能够信赖的，也只有这一个人而已……

星界的纹章 Ⅱ

# 7

卢努·比加市

"说句'半径一百光年内能够信赖的只有你啊'又不会少她一块肉,真是不可爱。"杰特匍匐着前进,边喘粗气还不忘抱怨。

他穿过谷底,发现了一座桥。有桥就说明有路。

这是好事。不过,谷底没有阶梯或者路能上到桥边。他试着手脚并用往峭壁上爬,却很快就筋疲力尽。

看来他是过于高估自己的体力了,早知道就该歇个脚再出发。

和拉斐尔在一起时他还没注意,像现在这样一个人,疲劳立刻席卷而来。

就算他成长在地上世界,那也是生活在交通发达的星球。而且他对野外生活毫无兴趣,全靠玩明球锻炼的体力支撑着。

杰特不是没有不满,他都这么辛苦了,对他说句感谢总不过分吧。

不过,他本来就是自愿的,不应该抱怨。

再说了,这也是他为了生存必须做的。

不对,果真是这样吗?

如果他抛下拉斐尔,只考虑自保,岂不是更加容易?

心中升起的邪念让杰特一个激灵。

就算他从未以品格高尚自居,还是忍不住对自己心生厌恶。

要堕落索性就把坏事做绝。干脆，把拉斐尔的行踪告诉敌军，讨些赏金。

杰特坏笑起来。

不用照镜子，他也知道自己不是这块料。

杰特·凌这名青年，并没有如此鲜明的性格，他当不上伟大的英雄，也成不了残忍的恶徒。

他就宛如运行轨道极其规整的彗星，走在并非自己决定的路径上。一边经受着恒星的灼烧，不时还受到"坏心眼"行星的摄动[1]影响摇晃一下——这才是适合他的人生。

杰特站起身来，不再演独角戏。

正如他所期待的那样，前方有路。整个路面泛着柔光，他本以为光线很弱，等站到路上才发觉十分明亮。

杰特开始向卢努·比加市进发。

克拉斯比鲁行星自转一周是33.121个标准时间（换句话说，杰特之前一睡就是十五个小时！），居民将其划分为三十二小时。不过，生活上的一天是二十四小时。

做个简单的算术，每过一天，都会相差八个行星时间。一天的开始可能是在深夜，也可能是在白天。

不方便是肯定的，不过总比生物钟错开九个小时要好。

---

[1] 摄动，指一个天体绕另一个天体按二体问题的规律运动时，因受其他天体的吸引或其他因素的影响在轨道上产生的偏差，这些作用与中心体的引力相比是很小的，因此称为摄动。

而且，淡化自转和生活日的关联也有好处，那就是不用设置时差。整个星球的信息网会获得多大便利，自不用说。

现在天刚破晓，生活时间已经快到正午。估计下午一点左右，他就能抵达卢努·比加市。

正好是购物的好时间。

这样看来，抓紧时间赶路未必没有意义——杰特客气地自夸了一番。

杰特把电子手环调到本地广播，塞进了衣兜。他必须一路走一路听，让耳朵适应克拉斯比鲁的当地语。

在他掌握了陌生语言后，杰特浑身不自在。

敌军正在广播里大肆宣传，说明进攻史法格诺夫侯国的理由。

按照他们的说法，这是帝国星界军挑起的战争。具体而言，当"人类统合体"在新开启的"门"附近勘探平面宇宙一侧时，遇到了星界军的军舰并遭受攻击。不用说，这艘军舰当然是指"哥斯罗斯号"巡察舰。

"人类统合体"为了报复其野蛮行径，同时确保"门"的安全，才选择占领距离最近的史法格诺夫侯国。

"一派胡言。"

杰特当时就在"哥斯罗斯号"巡察舰上，自然知道这是谎言。而就勘探目的而言，那支舰队规模实在过于庞大。再者，专门派出高速小舰队致力于战斗的，分明是"人类统合体"。

可是，即便他说出真相，也没人会相信。

杰特调换起频率。可能的话，他想听听与政治无关的内容。

可是，所有频道都被敌军的宣传占领，连傍晚那种娱乐节目也没了。或许，这也表示敌军的管制正在加强。

某个广播台正在讲解民主主义和自由的概念，之前那名中年妇女在另一个台继续表达对"人类统合体"的感谢，还有的在揭露亚维人类帝国背后的罪行。

当地居民对这些广播是什么看法呢？

如果是在马尔提纽星，答案显而易见，新的统治者——用他们的话说是新的朋友——肯定会获得狂热支持。

可是这里呢？

通常认为由亚维开拓的世界都会顺从于帝国，不过并不绝对。杰特对这个世界的了解仅限于资料，无从判断克拉斯比鲁行星是否也是普遍情况。而且，顺从于帝国的人们很可能也顺从于别的统治者。

杰特祈祷，哪怕这里的居民不关心政治也好。如果普通民众也和敌军士兵一起疯狂围捕亚维，他们两人——尤其是拉斐尔——会非常危险。

说不定还是躲在农田里更加明智，杰特可以时不时地单独进城，去买粮食和必需品。

不过，最终还是要进城看看才能决定。

一路上，杰特遇到好几台悬浮车，不过还没碰到行人。

不一会儿，卢努·比加的建筑群已经近在眼前。

杰特把手伸进衣兜，关上电子手环。听力上他已经颇有自信，不过要模仿克拉斯比鲁口音说话还欠些火候。

就装作新来的移民吧，杰特下定了决心。他在戴尔库图行星上做得不错，没理由在这里行不通。

农田走到尽头，杰特进入了绕城环状道路。

路上总算有了行人。

杰特与一群男女擦身而过，其中一人向他投来怀疑的目光。

是他的打扮有哪里不对劲吗？

杰特重新观察起人们的服饰，他确实算得上异类。

首先是配色，当地人喜欢使用原色，多数服装都鲜艳到刺眼。相比之下，杰特全身上下都是暗红色，在克拉斯比鲁人看来或许太过寒碜，结果朴素反而更醒目。而且现在杰特退一万步说也谈不上整洁——这确实是他的疏忽。

唔，伤脑筋啊，不知克拉斯比鲁有没有警察？不可能没有吧，他不会被拘留吧？

杰特忧心忡忡地向市中心走去。总之，必须先处理饰带，卖了钱再去买衣服和必需品。

观察当地人的穿着打扮时，有个新发现让他松了口气。在这里染发似乎很普遍，而且都是或黄或红的鲜艳颜色，其中还不乏蓝色或绿色。这样看来，拉斐尔那头明显不属于地上人的深蓝长发也不足为奇。

城市并不算大。杰特之前猜测，在郊外远望到的高大建筑群应该是市中心。现在看来，那就是整座城市本身。戴尔库图行星的城市里大都是延绵的低层建筑，而这里的主流生活模式似乎是一栋高层建筑里容纳大量的家庭。

建筑多是圆柱形，外墙上横向伸出若干街灯，为地面投下照明。街灯加上窗户透出的光亮，使整栋建筑看起来就像庆祝节日的装饰树。说不定，建筑外形就是在模仿树木。

建筑之间距离很宽，中间铺着发光的道路。有处地方很宽阔，因为停着悬浮车，杰特才看出这里是停车场。

出了停车场，蜿蜒的步道延伸开来，环绕着建筑物。道路以外的地方全铺着草坪，在阳光下看去肯定很美。

每栋建筑的一楼都是商铺。

杰特在城市树之间转来转去，寻找合适的店铺。

这期间，他遇到几名穿着绿褐色制服的男子。他们的制服分上下装，明显不同于当地居民的穿着，而且随身携带的东西怎么看都是武器。

是敌军的士兵！

杰特直觉不妙，不由得埋下头。

士兵们并没注意到他可疑的举动，高声交谈着径直走了过去。

杰特松了口气抬起头来，一副招牌映入眼帘。

那间店铺的招牌写着"高、品、身、饰、加、品、饰、屋"，看来应该是卖高档服装配饰和室内装饰品的。

杰特探头看向店铺的橱窗。

里面摆满了耳环首饰之类的商品，配饰和摆设都是暴发户风格，一看就是克拉斯比鲁人的审美。

按照戴尔库图行星的常识，这类店铺应该也会收购商品。不过，不同行星的常识也不尽相同，帝国的地上世界充满无限可能。

杰特下定决心走进店里。

"欢迎光临。"一名男性在柜台后迎接杰特。他穿着黄绿和粉色的连体衣——以克拉斯比鲁的标准当然是很朴素——脖子裹着黑色细布，雅致地打着结。

"不好意思……"杰特紧张地舔了舔嘴唇，"我有东西想卖。"

"好啊，"店员笑容可掬，"东西您带来了吗？"

"带了。"杰特点点头，将扣头放到柜台上。

"哎呀，这可是好东西。"店员拿起扣头仔细端详一番，又打量一眼杰特，意味深长地笑了。

"对、对吧？"杰特的心提到了嗓子眼。

"那您开个价？"店员将扣头放回柜台。

"这……"

杰特为难起来，他本来就不擅长这种交涉，而且也不熟悉贵金属的行情。

按照他在路上的计划，首先是让对方开个价，他再要求翻倍，最后找到折中点。

结果呢，却被先发制人。

"我想想，"杰特扫了眼店内的商品，想找个参考，可是商品都没标价。

既然如此，就不按物品的价值，而是以他所需的金额来报价。说不定会丢人现眼，不过也是迫不得已。如果能换到一百斯卡尔，今天买完东西应该还能生活好几个月……

这时，杰特又意识到一个失误。他并不知道一斯卡尔相当于多少当地货币，甚至连这颗行星的货币单位都不清楚。如果事先想到，完全可以通过电子手环查询，只能怪他考虑不周。当然，他也不可能现在拿出电子手环。

这下子，他可没资格笑拉斐尔不懂世故了。

"有什么问题吗？"店员凝视着杰特。

"请问，"杰特吞吞吐吐，"普通人生活半年大概需要多少钱？"

"这……您开价的方式还真抽象啊。"

"不好意思，"杰特满脸通红，准备拿回扣头，"那我回头再来吧。"

"唉，客人请留步。"店员叫住他，"您看一千五百杜斯如何？"

"一千五百杜斯？"听起来是笔巨款，可是说不定连一斯卡尔都不值，"换算成斯卡尔能有多少？"

"客人，"店员压低嗓门，"我是做生意的，不会追根刨底。不过，眼下这种世道，关心杜斯对斯卡尔的汇率恐怕并不明智。"

"确实……"杰特暗自感谢店员委婉的建议。

"顺带一提，二十杜斯就足够一天的生活开销。"

"这样啊……"杰特飞快一算，这是他目标金额的一半。"三千杜斯行吗？"

"客人，"店员冷冷地说，"刚才就说过，我是做生意的。再补充一句，整个城里，这种商品只能在我这儿换到钱。"

意思是，他已经表现出最大限度的诚意，不接受讨价还价。

"好吧，"杰特不再坚持，"那就一千五百杜斯。"

"您的判断非常明智。"店员很周到，并没询问杰特银行账号，而是往柜台上放了一千五百杜斯现金，"请您清点。"

"好的。"每张纸币的面额是一百杜斯，杰特数清正好有十五张，就揣进了衣兜，"正好。"

"看来我们彼此都做了笔好买卖。"店员向他行礼。

"请问,"杰特下决心问道,"我纯粹是出于好奇,你打算把它卖个什么价?"

"让我算算,"店员重新拿起扣头,"虽然我们这里不时兴穿长衫,也没有系饰带的习惯,不过,光凭这等高级的材质和做工,当作摆设也相当有面子。是啊,最起码,也要三万杜斯才出手。"

这下杰特知道,店员只用卖价的二十分之一就把他打发了,不过他却不怎么恼火。

"祝你大赚。"杰特发自内心地说道。

"多谢。"店员也回以满脸笑容。

有了钱,接下来必须置办服装。起初他只打算买拉斐尔的,现在看来,他自己也得换身打扮。

服装自动贩卖机很好找,可是不收现金,杰特只能另想办法。

还好,服装店比饰品店多得多,在来的路上就有一家,杰特有了目标。

他往回走去。

服装店所在的建筑前停着地上车,造型粗犷,周围站着好几个人,都身着绿褐色军服。

"那边的市民,停下来。"地上车的扩音器传来怒吼。

杰特缩起脖子,生怕是在叫他。

结果是他多虑了,士兵们利落地抓住了一名年轻女子。

"干、干吗啊?"她又惊又怕地叫道,周围的行人也停下来围观。

"还有那边的市民。"

地上车又发出指示,士兵们精准地围住一名中年男性。

"不必惊慌。"扩音器里的声音说道,"只要各位配合,就不会有任何麻烦。请你们把住址和姓名告诉士兵,并出示身份证明。"

"我犯什么事了?!"女子叫道。

"看来你没听到我军的通知,染蓝色头发会被视为支持隶属主义的举动。"

原来如此,这两人都是蓝发。

"我就是喜欢深蓝色,有什么不对?"男性说道。

"你在模仿亚维,崇尚自由的市民应当引以为耻。"

"开什么玩笑?!"

"牵强附会。"

围观人群中也发出不满的声音,看来克拉斯比鲁居民的脾气都挺硬。

"这次破例宽限到行星时间的明天上午十点,你们俩必须在期限前染回发色,到市政厅找下设的联络办公室报告。否则会视为你们不愿纠正奴性态度,将对你们进行逮捕拘留。"

杰特看着领民不情不愿地将住址和姓名告诉给士兵,然后继续向服装店走去。

"我们是'人类统合体'维持和平军的宣传部队,如果你们有家人或朋友染了蓝色系的头发,请劝说他们染回适合人类的发色。并且,明早十点以后,我们将不再继续警告,逮到违反者会就地剃除头发……"

杰特身后的扩音器这样告诉围观人群。

星界的纹章 Ⅱ

# 8

## 拉斐尔的变身

克拉斯比鲁行星漫长的夜晚总算迎来黎明。

说起来,杰特边想着边走向洞窟,已经多少年没像这样,回家时有人在等待了。

不知她是不是乖乖等着。

他离开不过三个小时,敌军士兵又正忙着抓选错发色的居民,估计不会有事。杰特按捺下不安,这样自我安慰。

"拉斐尔,我回来了!"他可不想再被用枪指着,于是提前打起招呼。

洞窟入口没有异样,临时设置的报警器也看不到血痕,证明没有高于膝盖的动物入侵。

杰特小心翼翼地把碳结晶纤维卷回纺锤里。

"拉斐尔!"

没有回音。

杰特又担心起来,他从衣兜里摸出电子手环戴上,打开照明走进洞窟深处。

拉斐尔在里面,带着轻微的鼻息,睡得正香。她的侧脸看起来格外稚嫩。

杰特放心地叹了口气。

"拉斐尔,醒醒。"杰特摇摇她的肩膀。

公主猛地睁开眼,一把推开杰特,作势就要去拿凝集光枪。

"是我!"杰特揉着摔痛的屁股大叫道。

"怎么，是你啊？"拉斐尔放松下来，"吓我一跳。"

"居然怪我？"杰特说道，"我叫了好多次，根本叫不醒你。我都怀疑那个警报器白装了。"

"闭嘴，杰特！"拉斐尔厉声喝道，接着又露出一脸不可思议的表情，"你为何穿这种恶俗的衣服？"

"啊，这身啊，"杰特低头看向身上的连体衣，不知到底用了多少颜色，三原色自不用说，还有深蓝、黄绿色、粉色、褐色、红铜色……随便都能数出二十种颜色。不过，服装店的店员保证说这种配色非常简洁。"你最好也习惯这种色彩风格。"

"不可能。"拉斐尔冷冰冰地拒绝。

"不习惯也行，只要你能忍受。"杰特妥协了。

"的确需要动用忍耐才行。"拉斐尔不情愿地答应下来。

杰特坐下来，打开从城里抱回来的布包，取出一个罐子。

"这是什么？"拉斐尔探过头。

"染发剂。"

"染发剂？"

"嗯，你的深蓝色头发必须想想办法。"杰特看起染发剂的说明书，"这倒方便，直接滴在头发上就行。"

"难道，你要给我染发？！"拉斐尔睁大了眼睛。

"这还用问，我的头发又不需要染。我买了黑色，应该会比其他颜色合你心意。"

"不行!"拉斐尔捂住头发直往后躲。

"可是……"杰特被她意料之外的反应吓了一跳,"你讨厌黑色?难道红色或者黄色更好?"

"我并不讨厌黑色,但我喜爱现在的发色。多么绝妙,既不太深也不太浅……"拉斐尔开始热情演说。

"嗯,我当然知道,你的发色非常漂亮。"杰特颔首,"可是,城里在抓染蓝发的。"

"这不是染的。"

"唔,不知为什么,我总感觉,要是被人发现你这头发不是染的,反而更加糟糕啊。"

"Ku rin mapu asu tangu kipu!"

"太不淑女了,虽然我不知道你在说什么。"

"真的非染不可吗?"拉斐尔有些丧气。

"真是的,你们这些亚维的想法真难懂。"杰特没了耐心,"随便摆弄遗传基因都没问题,稍微尘个装就这么抵触。"

"我说过多次,你也是……"

"你想说我也是亚维吧?可是,每出一次这种状况,我就越难把自己当亚维。"杰特摇晃起罐子,"尊敬的公主殿下,在下卑贱之身诚惶诚恐,能请您掬起秀发吗?还是说,拉斐尔,你想自己动手?"

"给我,我的头发岂是你能碰的?!"拉斐尔抢过了罐子。

155

她连说明书也没看仔细就想打开盖子,杰特慌了,"必须先把头环取下来。"

"头环也得摘?"

"肯定啊,我在努力把你打扮成地上人,哪里的地上民会戴头环?"杰特突然有个疑问,"说起来,亚维很少摘掉头环,难道是不好意思把空识知觉器官暴露在外?"

"你为何会有如此奇怪的想法?"拉斐尔像是有些感慨。

"不是吗?"

"不是。只是因为不方便,所以不摘。"

"那就好,省得我瞎操心。"

杰特有些紧张。空识知觉器官是超过一亿个小眼的集合体,要举一个最贴切的例子,恐怕就是昆虫的复眼。

老实说,光想象一下拉斐尔的额头上长着昆虫的眼睛,他就有些犯恶心。

不过,当拉斐尔不情不愿地摘下头环,杰特看到她露出的额头时,终于松了口气。

那是个泛着珍珠光泽和颜色的菱形,在不同光线下还呈现出红宝石的色泽。小眼微小到无法分辨,与其说是昆虫的复眼,倒更像人造的机器配件,或是独特的装饰——不仅不会恶心,还如同嵌入了宝石的薄片,美丽又动人。

"没想到这么显眼。"杰特说道。

"你不会让我摘除吧?!"拉斐尔充满恐惧,"这可无法摘下，难道你想挖去……"

"我才不会做这么残忍的事。"

拉斐尔松了口气。

"你到底把我当什么了？开膛手吗？"杰特从布包里取出一顶帽子，"我买了这个，你戴上试试。"

拉斐尔戴上帽子，往下拉到遮住眉毛，完美地盖住了空识知觉器官，与此同时，相比地上人来说过于精致的五官也被藏住了几分。

相应的，她标志性的"亚维之耳"反而从头发里冒了出来。

"还有耳朵。"

"啊，"拉斐尔把耳朵尖塞进帽子，用头发盖住，"这样如何？"

"挺好。"杰特笑了。

"既然有帽子，就不必染发了吧？"拉斐尔徒劳地想把长发挽起塞进帽子。

"不行，"杰特冷冰冰地告诉她事实，"还有很多露在外面。要想完全藏住就得剪去这部分，那肯定会是十分有趣的发型。你愿意选哪边？"

拉斐尔一哆嗦，似乎是想象了一番。"好吧。"她咬着嘴唇，浑身的悲壮感溢于言表，"迫不得已，就染发吧。"

"你也太夸张了，这里的居民都是自愿染发的。难以想象这和说出'如有万一，你别管我，带上航行日志逃走'的公主殿下是同一个人啊，那时的自我牺牲精神哪儿去了？"

"闭嘴，杰特，我爱我的头发。"

"又没让你一辈子都必须染发，只是在这里逗留的期间而已。"

"一辈子绝不能忍。"拉斐尔摘下帽子，长发轻轻飘舞。

公主掬起深蓝的秀发，怜惜地抚摸起来。

杰特胸口一紧，突然有种没来由的罪恶感，"你很快就会和它们再见面的。"

"嗯。"拉斐尔点点头，拿起染发剂往头上滴了一滴。

黑色侵蚀着深蓝。不知出于什么原理，染发剂并没弄脏接触到的肌肤和衣服，只在发丝间慢慢扩散。

不到一分钟，深蓝头发的亚维少女就变身为一头乌黑秀发的女孩。但如果用随处可见来形容，她的美貌又过于醒目。

"嗯，非常适合你。"

"我不想听恭维。"拉斐尔话是这么说，却喜滋滋地用手指梳理着黑发。

"好，接下来把连体衣换了。"杰特把布包整个递给她，"衣服在里面，我出去等，你自己换上。"

"嗯。"拉斐尔从布包里取出女装，皱起了眉，"好奇异的长衫，不过比想象中好。"

拉斐尔的衣服是红蓝格子花纹，在克拉斯比鲁算是相当朴素的样式。

杰特站起来，"那你换好了叫我。"

"慢着，杰特。"拉斐尔叫住他。她正把布包里的东西往地上放，包里最后就剩一双靴子。"为何没有连体衣？长衫穿在军服上吗？"

杰特闭上眼做起深呼吸，又到了告诉她另一个可怕真相的时刻。

"那不是长衫，"杰特缓缓说道，"是把它当连体衣来穿。"

"直接穿在内衣外面?!"

"嗯，当地居民都是这么穿的。在我故乡也有女性穿这种衣服，我故乡的叫法是'连衣裙'，不知道用亚维语该怎么说。"

"重点不在于此，"拉斐尔满脸惊恐地盯着所谓的连衣裙，"我真的……非穿不可？"

"非穿不可，"杰特耐着性子，"这是为了把你乔装成克拉斯比鲁居民。"

"杰特，你真残忍！"

"请你理解，又不是我想这么做的。"杰特摇摇头。

"是吗？"她一脸怀疑，"那你为何一直偷笑？"

拉斐尔顺利换好衣服之后，杰特坚决要求先休息，转眼就打起了盹儿。这期间，拉斐尔穿着"连衣裙"，负责抱枪放哨。

估计睡了两个小多时，杰特伸伸懒腰扭扭脖子，真是神清气爽。

"该出发了。"他说道。

"嗯。"拉斐尔坐在洞窟入口点点头。

出发前还有工作要做，必须尽量消去星界军的痕迹。

杰特在谷底挖了个坑。本来挖在洞窟里更好，可是凭他们现有的工具，想凿穿岩石几乎是不可能的。

杰特把星界军的背囊埋进坑里，还有拉斐尔的军服和他的连体衣，以及……

"最好把它也埋起来。"杰特伸出手。

"不行！"拉斐尔把头环抱在胸前。

"为什么？反正是军用头环，回去再申领多少都行。"

"这是我参军后领到的第一个头环，是纪念品。"

"那就回头再挖出来，头环又不会腐烂。"

"话虽如此，不过或许它能派上用场。"

"比如？"

"我怎么知道。"拉斐尔一步也不退让。

"可是，最好别携带能显示身份的东西……"

"既然枪和电子手环要带走，再加上头环也无妨。"

"这倒也是……"杰特认了输，同意她把头环也藏进布包。

杰特用小铲子给留下的物品盖上土，最后把铲子也平放下来，手脚并用地埋进土里。

杰特把电子手环藏进衣兜，凝集光枪放在卢努·比加买来的布包里。

拉斐尔给大腿缠好枪带，插上凝集光枪。电子手环戴在脚踝上，用靴子遮住。装有航行日志的吊坠挂在"连衣裙"的胸口处。

然后，二人上路了。

现在是白天，他们脚下的路面并没发光。道路比农田高出差不多一百达珠，除了偶尔的弯曲，基本呈一条直线铺设。

虽然生活时间已是傍晚，史法格诺大恒星才正往头顶升起，火辣辣地照射着路面。

杰特羡慕起拉斐尔的帽子，后悔没给自己也买上一顶。

不过，钱很宝贵。总共一千五百杜斯，光是置办服装就花了将近两百杜斯。

不知能不能坚持到等来救援……

如果钱花完了怎么办？这颗行星上，有人宽容到愿意雇佣来历不明的人吗？如果不行……嗯，最简单的办法，还可以靠凝集光枪打劫。

杰特失笑。公主和伯爵公子去当强盗，恐怕是人类历史上最尊贵的罪犯了，说不定会被搬上舞台。

"你为何坏笑？"拉斐尔问道。

"没、没什么。"杰特收起笑脸。

"你太缺乏紧迫感了。"

"彼此彼此吧，你不也呼呼睡大觉？"杰特反击。

"闭嘴，我是累了。"

"我想也是。"杰特表示赞同，立刻换了个话题，"你说，我们看起来像兄妹吗？"

"不像，而且我们并非兄妹。"

"这可不好办啊。"

"为何？"

"我还想在城里假扮兄妹来着。"

"为何非要撒这种谎？"

"因为，总不能说实话吧？"杰特边说边琢磨起来。真要说"实话"，他和拉斐尔到底是什么关系？公主和忠心的骑士？公主确实是真，可他实在称不上骑士。可怜的难民双人组？这倒更加接近现实，比起见习翔士和随行货物算是大有进步。

"我不理解。你我的关系，我们自己知道即可。"

"话是这么说，可还是要有所准备。如果是在戴尔库图，未成年的男女一起住宿，警察立刻就会冲上门的。"

"我可不是小孩。至于你，我不好说。"

"我也自认不小了，可是在别人看来，也还是个小孩子。"他突然想起了提尔·柯林特，"好比养育我的人，每次我让他别把我当小孩，他总会说'孩子始终是孩子'。"

提尔确实是对的，杰特那时还一无所知，幼稚单纯……

"可是，这里并非戴尔库图。"

"确实，不知这里会怎么样。"

如果当地文化倾向于认同早婚，那就好办了。可以乔装为度蜜月的小夫妻，虽然行装十分寒酸。

"有必要如此担心吗？"

"我不想引人注目，越普通越好……"

"杰特，"拉斐尔忽然停下脚步，"莫非，我是个累赘？"

"干吗啊，突然说这种话……"杰特愣了。

"如果没有我，你岂不是轻易就能藏身？"

"你啊……"杰特把布包放到地上，揉起眉心。他琢磨着该怎么解释，最后还是决定实话实说，"确实，如果只有我一个人，估计会简单很多。不管怎么说，我本来就是地上人……"

"你是亚维。难道说，你不愿当亚维了？"

"不好说。亚维身份有时确实会带来些负担，不过我并不反感。只是，硬要让我选，我会说自己是地上人。毕竟，我出生成长都是在地上。"

"我不知道你是这样的想法。"拉斐尔咬着唇，"你不必担心我，以及帝国。如果你并不在意爵位，我们可以就此别过。我说过，不愿拖累你。"

"拉斐尔，你是认真的？"

"我很认真。即便没有你，我也能照顾好自己。"

"不行。"杰特说道，他也知道自己语气逐渐僵硬，"爵位可以不要，但我绝不会在这里和你分开。"

"为什么？"

"因为，丢下你，就算我能活下去也不会开心。"杰特就着愈燃愈烈的怒火，滔滔不绝起来，"不想拖累我？能照顾好自己？拉斐尔，这难道不是自相矛盾吗？你都要拖累人了，又怎么能照顾好自己？是你一路把我送到这里，我根本不可能操作宇宙飞船，所以必须有你。每个人都有擅长和不擅长的，你只是还没习惯在地上世界生活。当然，或许我也算不上懂世故，但至少比你更加擅长。我们只是在彼此擅长的领域相互帮助而已，为什么非要去在意什么拖累不拖累？拉斐尔，你说是不是这个道理？我哪里说错了吗？还是说，你在嫌我碍手碍脚？要是果真如此那就没办法了，你赶紧扔掉我这个可悲的货物就行。只是，我绝不会主动和你分开。"

杰特长篇大论时，一台悬浮车从后方超过了他们。

"确实如此。"拉斐尔垂下了头,"原谅我,杰特,你是一个高尚之人。"

"没错。"杰特还没压下怒火,"连我自己都说不清楚,我到底算地上人还是亚维。不过,高尚并不是亚维的专利。以后不准你再说那种话,我绝不会离开你,除非能够保障你的安全。"

直到很久以后,杰特才意识到,拉斐尔对他这句"高尚之人"的评价是顶级的赞美。

"明白了,我不会再说第二次。"拉斐尔发誓。

杰特总算放下心来,"之前我全靠有你,今后或许也还得靠你。不过,现在是你需要靠我。你就让我这样幻想一下吧。"

"这可并非幻想。"

听到这句话的刹那,杰特心想,当个亚维贵族也并不是他想象中那么糟糕。

"Yohoho,两人、那里、热、Ripi。有吗、吵架、男、加、女?女、那里、Morun!女、那里、好、扔掉、放、男、像、Shuripu,好、来、一起、我们。好、做、Piku、一起、我们……"

杰特看向突然传来声音的方向。

刚才超过他们的悬浮车折返回来,停在他们跟前。悬浮车没有车顶,三名男子探着身子,不知在嚷嚷什么。男子们看起来年纪都差不多，比杰特稍微年长一些。

杰特将脑子里的正统亚维语切换为克拉斯比鲁口音的简化亚维语，可是男子们语速很快，而且夹杂着像是俚语的单词，他能听懂的不到一半。

杰特大致听出他们是在打趣自己和拉斐尔，并邀拉斐尔同行。

"那些人在说什么？"拉斐尔一头雾水。

"是你不需要知道的内容。"杰特重新把布包背回肩上，"好了，我们走吧。"

"嗯。"拉斐尔对男子们视而不见。

"女、那里、Morun！男、那里、碍事、Kipau！"

"Shiku RipiRipi 好、Piku。"

"好、停、Morun、女！"

悬浮车配合他们步行的速度慢吞吞地跟着。

下一声叫喊，连杰特也完全听懂了。

"你他妈少装聋作哑！"体格最健壮的那名青年利落地跳下车，堵在二人跟前。

"Hyu、Morun！"男子吹着口哨向拉斐尔伸出手，"来啊，跟我们一起快活！"

"别碰她！"杰特挥开男子的手。

"臭小子！"男子把杰特撞到一旁。

丢脸的是，这一撞就让杰特失去平衡，从路上滚到了庄稼地里。

"该死。"杰特从布包里抽出凝集光枪。

与此同时,男子迅速滑下农田,张着鼻孔像一头公牛,猛冲而来。

杰特端着枪扣动了扳机。他几乎发狂,比起突然被撞飞,他更不能忍受的是男子想对拉斐尔出手。杰特暴怒不已,根本不在乎对方死活。

凝集光枪发出的光线精准命中男子的腹部——然而却是照明状态的光线。

男子先是一愣,不过,当他发现击中腹部的只是强光时,立刻轻蔑地勾起嘴角,继续冲来。

杰特手忙脚乱地想将保险栓的"照明"调至"射击",可是来不及了,男子已经近在眼前,而且长臂正伸向他握枪的右手。

忽然,男子咚地倒了下去。

"啊,好痛!"他抱着左腿,满地打滚。

是拉斐尔。

她用凝集光枪贯穿了男子的左腿。

杰特总算把保险栓调到"射击"。他站起身来,只见拉斐尔已经在往回走。

满地打滚的男子只顾着叫痛,杰特扔下他向大路跑去。

此时,一名男子从背后架着拉斐尔,另一名正要夺她的凝集光枪。

拉斐尔的战斗方式让人印象深刻。她面无表情,就好像对付这种货色根本不值得动一动面部肌肉,沉默着踹飞了正面的男子。

男子们一脸困惑,在他们心目中,这种时候女孩子应该尖叫才对。

不过,形势对拉斐尔不利。

"放开她!"杰特朝空中鸣枪示警。

可惜的是,凝集光枪并没有声响。如果是在烟雾里,会有刺目的强光划过。然而,在灿烂恒星的照耀下,凝集光枪丝毫没有存在感,根本就没引起青年们的注意。

杰特又把枪口朝向地面。

波长一致的光劈开路面,铺装[1]瞬间升华,引发局部爆炸。

男子们终于停下动作。

"举起双手!"他用克拉斯比鲁亚维语叫道。

拉斐尔挣脱后与杰特肩并着肩,朝男子们端起枪。

"拉斐尔,别开枪。"杰特悄声说道。

"这自不必说,"拉斐尔很是意外,"我不会向毫无抵抗之

---

1. 铺装,用混凝土、沥青、砖等对路面进行铺设,以提高耐用性,防止产生灰尘、泥泞以及磨损车辆。

人开枪。"

"那就好。"

"不过,我有些希望他们抵抗。"

"坦白说,我也是。"

两名男子不知是否领会了拉斐尔的意思,高举着双手纹丝不动。

"很好。你们俩,"杰特说道,"你们的朋友正在下面受苦,去把他带上来。"

男子们瞪着杰特,不过丝毫没有抵抗的意思,立刻下了庄稼地。

"你适应能力真强,已经学会这颗星球的语言了吗?"拉斐尔问道。

"有小窍门,这里讲的是亚维语的变种。"杰特向男子们叫道,"你们尽管耍花招,我正想做做射击训练!"

"Shakunna!"其中一名男子大骂。

"谢谢。"杰特装模作样地回道。

"他说什么?"拉斐尔问。

"我怎么知道?肯定是对淑女说不出口的话。"杰特耸耸肩,"先别管了,这帮人的车我们要了,必须有移动工具。"

"征用吗?"

"不,"杰特正色道,"我们并不是军队,这叫抢劫。"

"没有任何名义?"

"没错,这下我们就是犯罪分子了。"

三人组的行径和外表都具备恶棍的特征,但既然他们赤手空拳来找碴,可以推测这个地上世界普遍没有随身携带武器的习惯。反倒是他俩大摇大摆拿着凝集光枪,现在再自称善良的普通市民也非常缺乏说服力。

索性直接当个犯罪分子好了,只是他担心公主难以接受。

"有意思,"没想到的是,她兴致勃勃,"这就是传说中的强盗吗?"

"算是吧。"杰特忽然有种不好的预感。

三人回到路上,受伤男子被其中一人架着胳膊,叫唤声是小了,不过还是痛得直皱脸。

杰特还来不及开口,拉斐尔就以宫廷式的亚维语强调起来:二人是路过的强盗,与亚维或星界军没有任何瓜葛;同时宣布要抢他们的车,因为这是强盗最正常不过的经济活动。

男子们垂头丧气地听她演讲。

杰特直摇头。就算男子们听不懂拉斐尔所说的内容,也该发现这是正经的亚维语,不能不考虑因此暴露身份的可能性。

"如果你们有电子手环之类的通话设备,麻烦交出来。"拉斐尔调整了情绪,开口说道。

三人组没有反应，只是面面相觑。

"你们应该都懂吧，"杰特好言相劝，"考虑一下我们的立场。"

"如果不想泄露，"拉斐尔爽快地提议道，"杀掉他们灭口岂不更好？"

不知男子们能听懂多少拉斐尔的正统亚维语，但"杀掉"这个单词的作用似乎格外强烈，他们立刻有了反应。

男子们解开装在腰上或肩上的小盒子，一把扔到路边。

"你吓唬人这招效果挺好。"杰特悄悄告诉拉斐尔。

拉斐尔却一脸不解，无邪的表情似乎在问他吓唬人是指什么。

杰特一哆嗦，重新看向几名男子心想：知不知道，你们完全可以跪下来感谢我？

他命令一旁闲着的那名男子："堆到一起。"

男子照办后，他用凝集光枪仔细灼烧起这堆通话设备。虽然欠些准头，不过精密设备转眼就只剩焦黑的残骸。

"我看看。"杰特探头看向悬浮车的驾驶席。两个长杆组成的估计是方向舵，用脚踩的是调速，然后……他大致能看懂怎么驾驶，不过还不敢肯定，"能教我怎么驾驶这辆车吗？"

"我记得是他在操舵。"拉斐尔指向架着受伤同伴的那名男子。

"那你上车。"杰特示意驾驶席。

拉斐尔先上了后座，又用枪指着男子让他坐进驾驶席。接着，杰特坐进副驾驶席。

"你们俩，"杰特指着和城市相反的方向，吩咐余下二人，"麻烦往那个方向走。"

腿被射穿的那名男子低声嘟囔起来。

杰特扬了扬枪。

男子们抱怨着开始移动。

"好，开车。"杰特对驾驶席上的男子说道。

"我警告你们……"男子低吼，不过被枪戳了戳脑勺后，他就老实听从了指示。

杰特观察着他的操作，不时提个问。不出所料，驾驶非常简单，并没有太高的技术要求。

这是电磁排斥式的悬浮车，输入目的地就会自动驾驶，手动驾驶也很容易。车只能悬浮在公路上，偏离路面时必须像地上车那样降下轮胎，同样也只需要简单的操作。

"车里有类似位置标识的装置吗？"

"位置……标识？"

"就是能让交通管理部门通过电波定位的东西。"杰特简单地解释道。

"没有，没装这种东西。"

"那这是什么？"杰特指着副驾驶席和驾驶席之间一个类似通话器的东西。

"这是导航仪,并不会发出什么电波,只是告诉我们车辆现在的位置。"

"是吗?你打开试试。"

男子操作起来,画面上显示出地图,蓝点像是表示车目前所在的位置。

杰特也亲自试了试,可以简单切换地图的范围规模,还能调出到附近城市的距离,也有主要城市的介绍。

"嗯,很方便。我再问一句,你确定没有位置标识?交通管制局难道不想知道车辆位置?"

"都说了真没有,要是车子去了哪儿都能知道,岂不是侵犯个人隐私?我们行星上不装那种东西。"

"原来如此,"杰特点点头,"正合我意。不过,听你的说法,好像不把我们当这星球上的居民啊。"

"难……难道不对吗?!"

"后座的姑娘会不开心的,她都那么努力说明过了。"

"哇,知道了,你们都是这个Shakunna世界的第一代移民的后代。"

"对别人也要这么说。"杰特说道,虽然他不抱任何期待。

"行吧,就这样往回开。"

车子原路返回。

前方能看到另外两名男子时,杰特命令道:"停车。"

二人惊讶地愣在原地,似乎没料到杰特他们会回来。

"哟,各位,你们是不是走错方向了?"杰特快活地打起招呼。

"我们想去哪儿就去哪儿!"腿被打穿的男子吼道。

"关于你们的异议,等看了诉状再讨论。"杰特一本正经地回答,"请将资料提交司法机关。"

接着,他用手势示意驾驶席上的男子下车。等他离席后,杰特自己坐进了驾驶席。

他忽然想到正缺钱。

"喂,你们身上有现金吧?交出来!"

"臭小子,少蹬鼻子上脸!"受伤男子叫道。

"那我可以杀了你们再拿走。"杰特努力摆出最凶残的表情。

"该死。"

三人交出了现金,总共有一百杜斯,远不及他的预期。

杰特让开车的男子把钱收齐交给他,拉斐尔一直在后座用枪进行牵制。

"好吧,各位,虽然不舍,只能就此道别了。"杰特说完,驾车向前驶去。

拉斐尔跨过椅背,坐到了副驾驶席。

"你真内行,"她兴奋不已,"强盗不抢钱怎么行?我竟然没想到这点。你从前当过强盗吗?"

"开什么玩笑,我是外行。"

还在戴尔库图行星时,杰特非常羡慕那些年长的少年,憧憬着有一天自己也能像他们那样,开着地上车,副驾驶席载着姑娘,四处兜风。

现在,虽然地上车换成了悬浮车,他也算梦想成真了。而且这位姑娘是整个银河系里罕有的美少女,甚至正一脸崇敬地望着自己。

可是,为何他的心情却无比暗淡?

星界的纹章 Ⅱ

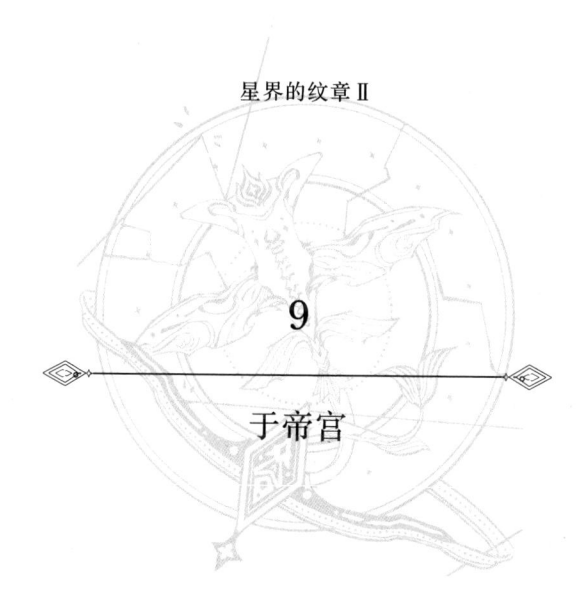

# 9

## 于帝宫

亚维的故乡"亚布里艾尔"都市船，几经改装，现在仍被当作帝宫使用。

这艘曾经容纳近一百万人的巨船，依然拥有超过二十万人口。与其说是轨道宫殿，更像一座小型都市。

在这座小型都市一隅，有分配给他国人的住处和办公室，这群人被谨慎隔离在真正重要的信息洪流之外。

"人类统合体"派遣的大使桑普尔·桑加里尼也是其中之一。

帝国绝不允许他国船只靠近领内星系，不过，指定了七座贸易港进行经济交流。既然有经济上的往来，必然少不了外交。因此，帝国也会与其他四国交换外交官。

居住在帝宫里的别国人，正是四国大使及随从人员。俯瞰整个帝国，允许别国人居住的，也仅有七大贸易港和这座帝宫而已。

帝国尊重外交官的特权，但并不重视外交本身。桑加里尼等人很少被允许和重要人物会面，更别说谒见皇帝了，至多不过就任和离任时的问候而已。

现在，桑加里尼与另外三名大使共同获得了第二次机会。

帝宫设有"谒见大厅"，不过大厅只在重要仪式或商议国事时使用，桑加里尼还从未进去过。

桑加里尼是在"飞燕草大厅"接受召见的。正如其名，大厅里盛放着仿佛振翅欲飞的紫花。桑加里尼或许很难相信，其实亚维也以自己的方式爱着自然之美。

大厅中央铺有供人行走的石板，黑色大理石的石板光洁如镜，用白银镶嵌出旋涡状的银河。石板一方是高台，四隅是"八颈龙"形象的柱子。高台上摆放着座椅，虽然比起翡翠王座稍显逊色，不过也相当舒适。

一位丽人端坐其上。

她戴着"八颈龙"形象的精致头环，淡青色的秀发卷着波浪，被尖尖的双耳分为左右两束，垂在淡红色基调的长衫正面。含有琥珀色的红褐虹膜装点着她的面容，长衫下是黑色军装，从袖口伸出象牙色的纤纤玉手，手里握着统帅人类最大军事力量的权杖。她就是"亚维人类帝国"第二十七任皇帝，拉玛珠陛下。

四名大使只能站在皇帝对面，桑加里尼控制不住满心屈辱。亚维，天性傲慢而无谋。且不论无谋，起码傲慢是实实在在的。

"陛下，"桑加里尼代表大使们说道，"感谢您批准会谈。"

"接受你的感谢，大使。"拉玛珠颔首，"我时间有限，相信诸位也是如此。"

"确实。"桑加里尼也点点头。亚维自大成性，所以他并不打算在礼节上浪费时间。"那就开门见山吧，我们此行是前来提出抗议的。"

"难道不是辩解的口误吗?"亚维皇帝并不责问,"我听闻,帝国领土遭你方舰队攻击,目前仍通信中断,无法判断详细情况。我以为你们是为此前来辩解。"

"是抗议。"桑加里尼强调,"我军的确攻打了贵国称为史法格诺夫侯国的星系,这是事实。不过,请理解此举是出于报复目的。"

拉玛珠面无表情,仅仅是微微挑起一侧眉毛,"大使,这是针对何事的报复,且说来听听。"

"本来,"桑加里尼拼命克制着感情,"因为有新的'门'开启,本国正在平面宇宙一侧的周边领域进行勘探。这时,明显属于贵国的军舰违规发动了攻击。我方虽然击退了那艘军舰,然而损失惨重。我谨代表'人类统合体',提出严正抗议。那片区域的确接近贵国领土,可是,所有平面宇宙都属于自由航行领域,没有警告的攻击绝不可能正当化。"

"扩人阿尔康特共和国"大使马琳芭·斯尼说道:"我也代表本国政府及民众,与'人类统合体'大使共同进行抗议。"她神经质的脸上满是怒容。桑加里尼心想,如果这是演技,那她真是名优秀的演员。

"我也代表政府及人民。""哈尼亚联邦"的桂恩·塔隆没有特别的情绪,只是表示立场相同。他不会亚维语,全靠机器翻译,这使得他的性格很难把握。

"本国同样。""人民主权星系联合体"的加内特·玛卡丽也不甘人后,她的亚维语口音很重,"我们长期忍受着贵国的蛮横压迫,希望贵国向我亲爱的同盟者致歉并进行赔偿。我们将密切关注你们二者的交涉。"

拉玛珠毫无兴致地顺次环视一遍发言者,最后视线锁定在桑加里尼脸上。

"于是尔等便进攻帝国领土?此举有违尔等作风。为何不在遭受舰艇攻击时进行抗议?"

"进行报复是现场司令官的判断。"大使如实传达了中央的意思。但这番话没有任何可信度。"如您所知,中央与边境的联络需要耗费相当长的时间,如果现场司令官选择征求中央的判断,那我们自会如陛下所言,首先进行抗议。"

"大使,你在撒谎。"拉玛珠稍稍侧着头。

"怎么可能?!"桑加里尼沉下脸,"您有什么证据这样说?"

"你说,我军舰艇发动进攻,这不可信。高尚的星界军不会无视法纪,毫无理由挑起与他人的争端。"

"很明显,这次就证明凡事总有例外。"桂恩道。

"即便是例外,"拉玛珠语气平静,继续说道,"也不可能退败。光荣的星界军里岂会存在这等无能之辈,当掌握战与不战的选择权时,不能确保胜利却发起战争?本人难以相信,这两种例外会出现在哪位指挥官身上。"

"陛下，这只是您的一己之见。"玛卡丽说道，"我提议亚维人类帝国与'人类统合体'共同设立调查委员会，由中立三国派出监督委员。"

"你也想撒谎吗？"皇帝冷冷地看向她，"你们已经结为同盟，又谈何中立？"

"陛下，我们对此次事件保持中立。""人民主权星系联合体"大使说道，"所以才提出查明真相。"

"我也希望您充分考虑'人民主权星系联合体'的提案。"斯尼也帮起腔。

"毫无意义。"拉玛珠红褐色的眼瞳凝视着桑加里尼，"大使，我还期待你能带来更加精明的谎言。很遗憾，你让我大失所望。"

"什……"桑加里尼哑口无言，他毫无办法，亚维皇帝从一开始就没打算相信他。他作为外交官培养的能力已经失去用武之地。

"陛下，您怎么能断言这是谎话？"玛卡丽说道，"至少先调查后再下定论。"

"假如你们愿意满足于如此粗制滥造的谎言，那我无话可说。又或许，你们确实信以为真。可是，亚维只追求更精妙的谎言。"

玛卡丽大使说道："陛下，我需要在此表明立场，这是我此行的职责。如果您选择与'人类统合体'开战，我们'人民主权星系联合体'，有义务遵守《诺瓦希奇利亚条约》，向帝国宣战。"

"大使，感谢提醒。"皇帝语带讥讽，"此事我自然有数。'扩大阿尔康特共和国'与'哈尼亚联邦'也是同一态度吧？"

二人点头示意。

"行，那就开战吧。"拉玛珠的语气中毫无波澜，"诸卿辛苦了，愿你们平安归国。诸卿的外交官特权将在二十四小时后失效。帝国以名誉担保，将同往常一样把你们送至开放港。"

慢着！桑加里尼在心里哀号。这就完了？我是"人类统合体"最有经验的外交官，却没有获得任何谈条件的机会。本国的通报也被咬定是谎言，而且是漏洞百出那种。我这趟只是接了个开战通告，然后就被解任回国了？岂不是一点儿用处也没派上！明明这才只是暖个场，旁敲侧击试探一下帝国的态度而已！

"陛下，能否请您重新考虑，"桂恩沉声说道，"您这样等于是和半个人类社会宣战。"

"大使，你忘了吗？剩下那一半都属于帝国。"亚维皇帝淡然回应。

"要开战就开吧！"玛卡丽已经忘记了外交官的职责，纯粹宣泄起蓄积的怒气，"只是，这句话我一定要说，毫无信念的帝国绝不可能胜利!"

"信念吗?"拉玛珠的脸上首次露出了饶有兴趣的表情,"如你所言,帝国并无信念。不过,我并不认为这会左右成败。没有信念无法获胜,只是你的迷信。"

"可是,人类的未来该怎么办?绝不能让没有信念的帝国支配我们的未来。"

"我也多少知晓人类的历史。回顾历史,信念只在属于个人时才会璀璨夺目。一旦国家拥有信念,大抵会催生悲惨的结局。国家的信念会将臣民逼向无谓的死亡。帝国不需要信念,帝国的存立从不依赖信念,只专注于统合多样的人类社会。帝国有众多臣民拥有奇妙的信念,例如比斯列伯国的民众并不理解他们处于帝国统治之下,而是将自己的领民代表当作神来崇拜,坚信亚维是某种无法理解的想象产物。戈加夫伯国的领民则将自身智慧注入思考结晶,认为能以此获得永生。帝国对其一视同仁,悄无声息地予以统治和庇护。若说帝国的信念,那就仅此一条而已。"

"这是狡辩。如果把未来交给亚维这种随意玩弄遗传基因的种族,不知会有多可怕。"

"言过其实了。"拉玛珠道,"自始祖诞生以来,已过去将近两千年,亚维基本的遗传基因组成并未改变。我们也与尔等相同,受锢于对进化的恐惧。"

"对进化的恐惧?"

"难道不是吗？我们将进化的萌芽视作异常基因摘除。当人类能够自由操控遗传时，最终仍选择封锁自身的进化。帝国与尔等国家并无不同，都有着对进化的恐惧。"

"这……"玛卡丽一时语塞。

"恕我直言，陛下。"桑加里尼接过话头。亚维皇帝明显在享受争论，必须尽量拖延会谈，找到交涉的突破口。"先不论对进化的恐惧，没有信念的国家难道能够长存吗？这样的国家一定会分崩离析。"

"现实是，帝国不依赖于信念，也已存续近千年。"拉玛珠沉稳地反驳道，"看来你们这样的国家确实需要信念，抑或说幻想。否则，将无法领导多样的国民，抗衡他国。"

"帝国不也是如此吗？"桂恩指出。

"并非如此。"拉玛珠斩钉截铁地说，"帝国由亚维领导。正是在亚维的统一下，人类才不必受累于强加的信念，享受纯粹的文化及生活。"

"既然如此，亚维又是由什么领导？"桑加里尼紧追不舍。

"你们不必知晓。"拉玛珠结束了话题，"诸卿，退下吧。虽然你们的谎言不足以引起我的兴趣，好在最后时刻总算有些意思，我也收获到了乐趣。最后告诉你们，如果我们赢下此役，这将成为人类最后一场战争。"

"永恒的和平吗？"玛卡丽的黑脸上浮现出憎恶，"这是无数人的梦想。可是，从古至今从未实现。"

皇帝美丽的面孔上露出笑意。那并非恶名昭彰的"亚维的微笑"，倒像是对无知幼儿露出的温和笑容，带着爱怜。目睹到她的微笑，桑加里尼才深切感受到这位看似年轻的美女已经将近百岁，而且，她的种族还十分年轻。

这副纤细的肩膀背负着全人类的未来。皇帝威严地说道："要知道，过去并没有亚维。"

大使们不情不愿地退去后，拉玛珠调出整个已知平面宇宙的影像，投影在高台前。

已知领域的"门"约有三百亿，在普通宇宙对应的位置必然处于天川银河。目前认为银河形成于"宇宙蛋的摇晃"，其后发生了普通宇宙与平面宇宙的分离，才导致了这一现象的发生。不过，各扇"门"的位置并不对应银河内恒星的分布。普通宇宙一侧的"门"大都位于银河的螺旋臂。

"门"在平行宇宙内的分布常被形容为波纹，由无数"门"组成的"环"层层环绕着中心的"圆"。

中央的圆格外密集，连时空泡也无法进入。无数"火山"喷射着时空粒子，在周边形成浓密的粒子流。

中央的圆形外侧是狭窄的间隙，再往外，是由"门"组成的环状带，这就是"第一环"。略宽一些的间隙之外，则是"第二环"。

从中心到外围，间隙与"门"一层层交互出现。这便是天川银河对应的"门"群，也就是"天川门群"的构造。

越向外围，间隙也就越宽。并且，每个"环"都包含几乎相同数量的"门"，所以越是靠外的"环"，"门"的密度越低。

人类使用的"门"，大都位于过密的"中心领域"到"第七环"的内侧之间。如果在普通宇宙捕捉"关闭之门"，经其进入平面宇宙，当然有很大概率会通往中央领域。人类以靠近中心位置的"门"为跳板，将周围的"门"作为通往普通宇宙的通道，用这种方式扩大版图。

"第八环"到"第十一环"过去被称为"无人区"。由于人类无止境的扩张，现在那里也已经散布着通往有人星系的"门"。

帝国由八个王国组成，王国有各自的王。拉玛珠自身在让位于儿子之前，也拥有克琉布王的头衔。不过，正如诸侯并不统治国家，王大多也只有形式上的地位。王国内各个领土的领主直属于皇帝，并不是王的臣民。因此，王国并非行政区域，更适合理解为地域名称。

八大王国中的其中七个靠近"中心领域"，与他国形成复杂的势力边界。

不过，唯独剩下的伊利修王国位于"第十二环"。

八个王国对应帝都拉克法卡尔里的八扇"门"。位于亚布里艾尔都市船内的这八扇"门"开启时，按照概率法则，其中七扇会连通"中央领域"，唯独伊利修门通往"门"分布稀疏的边境。

帝国借此良机，力求掌控"第十二环"，或是封授贵族，或是设立军事基地。当进入最后阶段，围绕"第十二环"的航路即将完成时，他们发现了海德星系这个被遗忘的人类世界。

过去，伊利修王国的形状仿佛将"天川门群"紧紧搂住，因此得名"亚维之臂"。不过现在已经双手相合，可以说名不再副实。

在"第十二环"稀疏延伸的外侧，能观测到某一处有大量"门"聚集。可以推测，是有其他银河对应"门群"的"环"在此处重叠。

人类的手尚未触及如此遥远的地方，但通往其他银河的门扉已经开启。

不过，这扇门目前只向亚维帝国敞开。只要伊利修王国尚存，帝国以外的国家就无法到达别的银河。

当然，还有一个办法就是找到能够迈过伊利修王国的"门"，不过可能性极小。

这种闭塞感，或许就是这次"四国联盟"决心开战的原因之一。何其愚蠢啊，明明可供人类利用的世界还多得是。

史法格诺夫侯国正属于伊利修王国，假如这里被敌军占领，也就意味着斩断了亚维的臂膀。

"法拉姆修，现在有空吗？"拉玛珠用皇帝权杖画出召唤的纹样。

"大人。"一名男子的立体影像出现在平面宇宙地图旁边，灰蓝色的长发编为一束，从肩膀垂至胸前。他正是军令长官法拉姆修·卫弗·卢萨姆·拉扎斯帝国元帅。

"都听到了吗？"

"是的，陛下。"

"他们所言有几分为真？"

"有'门'开启恐怕属实，不过本身就用于运送军队，目的在于切断渥拉修与史法格诺夫的联系。或许他们数年前就已悄悄勘探过周边环境。"

"情报局竟未察觉？"

"是的，十分遗憾。"

"太过大意。"

"属下无言以对。"法拉姆修低下头，但似乎并不怎么惭愧。

"帝国已老吗？"拉玛珠低喃。

"抑或是，"法拉姆修并不否定，"根本没想过他们会做得如此周到，情报也毫无走漏。属下并非寻找借口，不过，使节厅是否也存在过失？"

"的确，"拉玛珠领首，"使节厅仅说过，有报告显示，近期恐将发生大规模军事行动。"

"现在看来此番行动无疑是出于牢固的统一意志，绝非临时拼凑的军队所能为。"

从法拉姆修的口吻中能听出他内心的激昂。如果说贸易是日常的游戏，那战争则是非日常的游戏，乐趣自然更甚。若能碰上强敌，不仅是法拉姆修，任谁都会欢欣雀跃。

不过，拉玛珠立场不同。无论如何她也是皇帝，战争中不仅要豁出自己这条命，还有众多臣民的性命。她自然也对战争抱有期待，同时也理解其罪孽深重，受到良心苛责。

"那么，那艘被击沉的舰艇，"这是拉玛珠最关心的问题，"确定是'哥斯罗斯号'巡察舰吗？"

"是的，"法拉姆修一脸沉痛地说道，"九成以上概率是'哥斯罗斯号'。目前还未找出他们使用的'门'，不过符合条件的舰艇仅有'哥斯罗斯号'一艘，恐怕正如您推测。"

"无须多言。"拉玛珠厉声说道，"率先奔赴战场是亚布里艾尔的传统。"

"可是，'哥斯罗斯号'舰长是蕾克修百翔长，她在星界军中也是优秀的翔士。若是她，或许能保全帕琉纽子爵殿下。殿下是翔士修技生，可不是白当的。"

"不必安慰我。假设如此，我定会知道拉斐尔平安无事。"

"很抱歉。"法拉姆修终于有些惭愧。

"不过……"拉玛珠悄声自言自语,"拉斐尔,我很喜欢那姑娘。杜比斯算不上优秀的儿子,却意外展现出养育子女的才能。若她不是翔士修技生这种不上不下的身份,而是作为正规翔士倒在战场,我也能够死心吧。"

"克琉布王殿下想必极为哀伤,"一个并非法拉姆修的声音插进来,"同时失去了恋人和爱女。"

"巴尔凯王,"拉玛珠看向声音的主人,皱起眉头,"我不记得召唤过你。"

"陛下,这是帝国的大事,请原谅我擅作主张。"立体影像中,帝国舰队司令长官暨皇太子巴尔凯王杜萨纽帝国元帅微鞠一躬。

"若想安慰杜比斯,去找他本人即可,殿下。"

"不,陛下,我会另寻机会。此次参见,是考虑到您可能下达征战诏令。"

"等待即可。"

"等待?"就男性而言过于精致的脸庞露出惊讶的表情。

"法拉姆修。"拉玛珠示意军令长官进行说明。

"司令长官殿下,"法拉姆修对高他一等的同僚说道,"现已判明,敌军对史法格诺夫侯国的侵犯比预料中缓慢,原因只可能是派兵过少。"

"佯攻吗?"杜萨纽托着下巴,"看来阁下是这样认为的。"

"这是唯一的解释。如需细节,请驾临军令总部。"

"不，没必要，阁下，"皇太子抬手制止，"分析战况是你的强项。他们下一步会如何动作？"

"敌军的目标，恐怕正是这拉克法卡尔。"法拉姆修说道，"他们的决心非同小可，殿下。"

"哼，想一口气攻陷帝都吗？"杜萨纽来了兴致。假如帝都陷落，八大王国会失去纽带，帝国实力将被大幅弱化。

"无法判断进攻会来自何处，中心领域的十大王国都有可能。"

"明白了吧，巴尔凯王，"拉玛珠在临时王座上说道，"不可轻举妄动。你必须负责保卫帝都。法拉姆修，立即着手巴尔凯王麾下舰队的编制，规模由军令总部定夺。不过，我期待看到建国以来最大的舰队。"

"明白。还有别的吩咐吗？"法拉姆修请示道。

"没了，立刻去办。"

"遵命。"法拉姆修的影像消失了。

不过，杜萨纽的影像还在。

"巴尔凯王，还有何事？"

"没有，我只是在思考您所言对进化的恐惧。"

"真有你的作风，杜萨纽殿下，如此紧急关头，你却想用毫无意义的哲学争论浪费我的时间吗？"

"陛下不也乐在其中？"

拉玛珠被说中了，不由苦笑，"不假。"

"这场战争，或许我们战败反而更有益于人类。"

"嚯，何出此言？"拉玛珠皱起眉头。

"若是我们胜利，人类社会将会在亚维的秩序下，享受假寐般的和平。和平会抑制人类的进化。"

"那么，假使他们获胜，难道就能解放进化之力吗？想必你也听到大使所言，他们才更加惧怕进化。我们对子女遗传基因所做的调整，在他们看来也是应当唾弃的风俗。"

"这我自然明白。只是，他们的胜利意味着混沌的到来。虽然现在四国团结一致，可是一旦失去我们这个共同的敌人，必定会分崩离析。不久，人类社会就将陷入一片混沌之中。届时，人类就将重回过去弱小的时代，被卷入进化的怒涛。"

"你希望如此吗？殿下？"

"并不。"杜萨纽耸耸肩，"亚维虽被视为长寿一族，可是寿命也并未长到能够见证进化的终点。死后之事，关心又有何用？"

"那你为何提起？"

"我不时也会畅想人类的未来，并非过程，而是结局。"

"杜萨纽殿下，"拉玛珠温柔地说道，"下任帝位属于你。当你坐上翡翠王座后，大可依你的意思将人类推入混沌。不过，只要此物还掌握在我手里，"她举起皇帝权杖，"就将致力于假寐般的和平。还望你也全力以赴。"

"自不用说。"杜萨纽优雅地一鞠躬，"无论人类的未来如何,我都没兴趣败给区区'四国联盟'。"

"有你这句话我就安心了,"拉玛珠挖苦道,"且不论人类或帝国的未来,相信你不会因兴趣玩忽职守。"

"是。"杜萨纽答得理所当然,"而且,也是为了复仇。"

"嚯,"拉玛珠有些意外,"我怎不知你如此关心拉斐尔?"

"拉斐尔殿下自不用说,那艘舰艇上,还有一位与我有缘之人。"

"海德伯爵公子吗?"拉玛珠更是惊讶,"殿下,没想到你还有这样一面。"

"意外吗?"杜萨纽微笑道,"我自认,相当于是我创立了海德伯爵家。在帝国中枢,起码有一个人关注他们,也未尝不可吧?"

十八小时后,史法格诺夫侯国陷落的消息正式传至帝宫。

星界的纹章Ⅱ

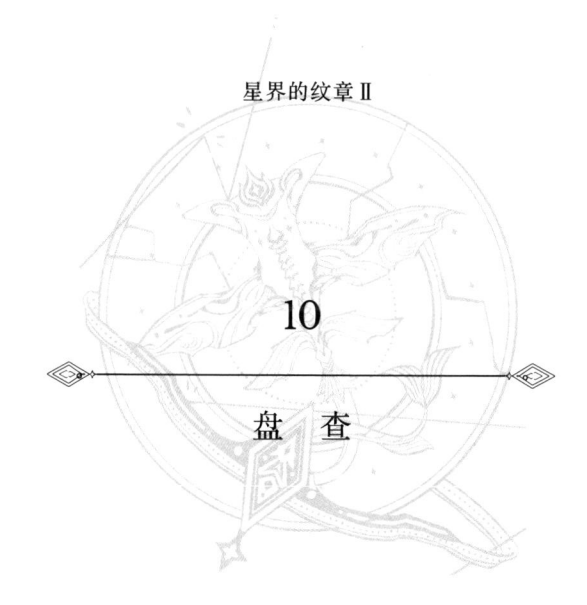

10

盘　查

既然有了交通工具,就没必要拘泥于卢努·比加这个小城市。

自动驾驶模式下,杰特把目的地设定到了古佐纽市。

这一带属于罗豪州,罗豪州的首府城市就是古佐纽。根据悬浮车的最新信息,这是个超过两百万人口的大城市,相应的多半有更多敌军士兵把守,不过外来人员肯定很不起眼。

悬浮车一路行驶着,周围的景色也在发生变化,他们似乎开到了行星里侧。先是农作物的模样有所变化,不久农田中断,出现了森林和原野,接着又是一片农田。他们穿过比卢努·比加更小的镇子,从孤零零的民居旁驶过。

悬浮车状态很好。

杰特心里逐渐乐观起来,其实用不着藏进城里,就这样二人一直旅行下去如何?

不行,不现实。

被抢了车的三人组肯定会报警,在当地警察赶来前,必须把车扔了。

杰特心一沉。

对啊,我们已经是罪犯了,不仅要提防敌军,连当地警察也成了敌人……

"你为何愁眉苦脸的?"拉斐尔对杰特说道。她用左手按着帽子防止被风刮走,正一脸困惑地盯着杰特。

"我这么愁眉苦脸吗?"

"嗯。你不适合严肃的表情,像平常那样傻笑更让人安心。"

"我平时就这么傻?"杰特不开心地摸着脸。

"嗯。看着你,我会忘了现在是在地上。"

"那我是该哭还是该笑啊?"

"随你喜欢即可,这是你自己的感情。"

"你有时真的一点儿也不委婉。"

古佐纽就快到了。看地图,这是座森林围绕的城市。

进入古佐纽所在的森林不久,忽然响起哔哔的信号声,同时悬浮车也随之减速。

"怎么了?"

"不知道啊。"杰特不明所以。

不过,他们立刻就发现了原因。

前方停着悬浮车,而且不止一台,随便一看都有十几台排着队。

杰特从座位探出身子,想找出堵车的原因。

前面是一群敌军士兵,在他们身旁是隐藏在树丛里的金属块,只露出半截,就给人一种嗜血的印象——估计是敌军的陆战兵器。

"不好办啊……"杰特咋舌。

赶紧想,该怎么办……

他们是在寻找躲过了三艘军舰攻击、才刚着陆的星界军士兵吗？若是这样，他们应该并不知道要找的人长什么样。可是，如果被他们发现电子手环或者凝集光枪……

他们知道这辆车是抢的吗？很难想象占领军会帮当地警察抓人，不过如果他们从中嗅到了星界军士兵的气味，情况会相当不利，这意味着敌军已经掌握他们的外貌特征。

要掉头吗？毕竟他们不是非去古佐纽不可。不行，如果这么做了，就等于在大声宣布他们心里有鬼。不知那些是什么陆战兵器，不过他敢拿领地打赌，绝不是两把凝集光枪能够对抗的。但如果速度不如悬浮车，倒是能逃掉……

但也不可能，既然在盘查悬浮车，怎么会使用比悬浮车还慢的兵器，恐怕是种飞行器，比贴地的悬浮车要快。

该死，话说这到底是在盘查什么？

是选择掉头然后被抓，还是冒着被抓的风险继续前进？唉，这是多么迷人的二选一。

只能想办法蒙混过关。

杰特定下决心。

"拉斐尔，"杰特低语道，"你一会儿什么都别讲，你还说不好当地语。"

"啊，或许会暴露身份。"拉菲尔表示理解。

"你能明白就好。"

"你在嫌弃我？"拉斐尔很是受伤。

"要不是你用亚维语跟那三人组说话,我也不会这样叮嘱你。"

"我事后也察觉不妙,"拉斐尔这次很听话,"不应该提星界军。"

"顺带一提,我们是强盗,怎么能自报家门?强盗工作时都是沉默寡言的。我还以为亚维的世界里也会有犯罪。"

"确实有。不过,我们一族不习惯微小的犯罪。"

"我想也是。"

二人交谈间,车队也在缓缓前进,就快轮到他们了。

"先把枪忘了。"杰特注意到拉斐尔隔着衣服在摸凝集光枪,连忙警告,"你一动也别动就行。"

公主不满地噘起嘴,点了点头。

敌军士兵终于来到杰特车前,是一名板着脸的中年男子和一名露着快活笑容的男青年。

"出了什么事吗?"杰特装出友好的语气。

"没事,市民。"回答的是年轻人。在他说话的同时,别在腰间的翻译器也发出声音,"只是个小调查。我们在统计人流量,给今后的行政做个参考。"

"辛苦你们了。"杰特露出直爽的笑容,力求给对方留下人畜无害的印象。既然要靠机器翻译,应该听不出他的口音,这是唯一的优势。

"请出示钱包。"士兵伸出手。

"要钱包干吗?"杰特反问。

"并不会要你的钱,我们又不是山贼。"士兵哈哈大笑,仿佛杰特讲了个天大的笑话,"只是确认一下你们的身份。"

"这样啊……"杰特心脏却猛地一跳。

原来他所说的钱包并非装钱的工具,而是写入了个人信息和账户信息的记忆片,或者类似的物品。

杰特当然没有这种东西,他的个人信息和账户信息都在电子手环里,只要交出去,就能证明他俩高贵的"身份",不过这本来就不是他们所希望的。

不对,杰特现在使用的电子手环是赛尔奈的。可是,情况并不会因此好转。他们恐怕并不欢迎帝国国民,而且杰特还要想方设法证明自己是个女人。

"这个……那什么,我忘在家里了……"杰特找起借口,连他自己都嫌俗套。

"是吗?这就怪了,你连钱包都忘了?我还以为这儿的人都是随身携带从不离身啊。"

"我习惯了,拿着现金才放心……"

士兵扫了眼拉斐尔,说道:"这位姑娘呢?"

"这个,呃,她也没带。"

"嚯。"士兵眯起了眼。

杰特更是卖力地挂着微笑。

士兵关上翻译机,同年长的士兵交谈起来,冲他们投来的视线并不怎么友好。

"行吧,"最后士兵说道,"报上你的名字。"

名字?!

杰特慌了。对啊,起码事先就该想个假名。

"库·杜林。"他慌忙盗用了朋友的名字,但愿这在克拉斯比鲁别是个怪名。

"这位姑娘呢?"士兵立刻追问。

"这个,她叫……呃,柯林特·莉娜!"杰特报出了他最为怀念的一个名字。

"我更希望听她亲口说,她是怎么了?"

杰特看向邻座,拉斐尔忠实遵守着他吩咐的"一动也别动",双手放在膝上纹丝不动。

她明显做得过火,像这样毫无反应实在不自然。占领军的盘查并非天天都有,她却表现得毫无兴趣,任谁都会起疑。

她那连眼也不眨的侧脸充满神秘感,高雅而美丽,简直不像人类。

"好吧,那我实话实说了。"杰特举起双手,做出认输的样子,"她其实是人偶。"

"人偶?"

"对,没错。"

"不过看着就像活人。"士兵怀疑地打量着拉斐尔。

"这个嘛,是因为做工够精巧。"

"甚至看起来像是在呼吸。"

"你看错了……不,是安装有机关,模仿在呼吸的样子。"

"那你干吗让人偶坐在身边?"

"为什么要问这种问题?"杰特反问道,"这不是交通调查吗?"

"只是好奇,我对这颗星球上的文化很感兴趣。"看士兵的表情,他表现出的并不是个人范畴内的兴趣。

"我也想炫耀啊!"杰特气急败坏地叫嚷起来,"难得出门旅行,却没人做伴,岂不是很丢脸,所以我才假装载着姑娘。"

"唉,不好意思。"士兵脸上有些尴尬,"不过,像你这么年轻,用不着太在意吧?"

"你怎么可能懂我的心情?!"

"啊,嗯,确实,我像你这岁数的时候,也有各种烦恼。"士兵叹了口气跟他谈起心来,"现在回过头看,只觉得可笑。"

"我可以走了吗?"杰特气呼呼地说道。

"放你走之前,能让我摸摸这个人偶吗? 真的做得非常逼真啊。"士兵说着伸出手。

"不行!"杰特跳起来,"别碰我的人!"

"你的人?"士兵挑起眉。

"不，我是说，她只属于我，我不想让任何人碰。"

士兵又是一声叹息，向杰特投来充满慈爱的目光，"爱上了人偶啊……你的精神有问题，建议去看看医生。"

饶了我吧。

"而且，偏偏喜欢这种只是漂亮，感觉却冷冰冰的人偶……"

中年士兵不知说了句什么，年轻的转过头回答起来，两人用杰特听不懂的语言交谈了三言两语。

年轻士兵耸耸肩，对杰特说道："耽误你时间了，你可以走了。"

"谢谢。"杰特恨不得欢呼，却故意面无表情地发动了车。

行驶一段距离后，已经看不到士兵们的身影。

拉斐尔依然像人偶似的僵硬不动。

"你可以动了。"杰特对她说道，"唉，多亏你配合我演戏。看来你的适应能力也很强，已经能听懂我在说什么。"

"因为你的发音易于分辨，"拉斐尔斜眼瞪着他，"真亏你能想出那样无聊的谎言。"

杰特顿时担心起来，"你该不会生气了吧？"

"呵，你看我像是没生气吗？假装人偶不仅累，而且有损尊严。那家伙还说我冷冰冰的。"

"他现在看到你肯定不会说冷，只怕不小心碰一下都要被烫伤呢。"杰特心里直感叹，她怎么光听懂这种多余的东西，"而且，他还说你漂亮。"

"我并非漂亮，而是优美。而且，他的原话为'只是漂亮'，仿佛我再没有别的长处……"

"可是我们顺利过关了啊，"杰特有些不耐烦，"就冲这，你也该表扬我。"

"理性确实在称赞你的机智，可是感性却要求将你四分五裂！"

"还好你是个理性的人。"杰特试着讨好她。

"想必你不知道，亚布里艾尔一族是出名的难以克制感情，尤其是愤怒。"

"即便除开这点，你们一族也是全宇宙最出名的。而且，我认为不应该拿同族的特质来束缚自己。"

"闭嘴，杰特！我喜欢这样的自己。"

"自恋吗？你的精神有问题，建议去看看医生。"

"你最好小心，我的理性即将被感性冲垮。"

"话说回来……"杰特赶紧转移话题，"他们到底在盘查什么？看起来不像在找我们。"

"是为了抓捕领民政府的要员。"

"你怎么知道？"杰特惊讶地问道。

"那两人亲口所说。"

"对哦，我忘了你能听懂他们的语言。"

"嗯。他们的原话是这样——'我们要找的是奴隶政府的要员，没空管这种小孩子，而且他又没染蓝发，就放行吧，反正跑不了。'"

"奴隶政府？"

"应该是指领民政府。"

"可是，领民并不是奴隶。"

"你知，我知，这里的领民恐怕也知。但那些家伙并不知道。"

"哈哈，看来他们的世界观挺扭曲。"

"然而，其中一人似乎还打算对你的精神负责。"

"对我的精神负责？"杰特困惑不已。

"他想放下任务以个人身份倾听你的烦恼，但被年长那位制止。"

杰特不寒而栗，"好险。"

"我倒更愿看你如何吐露青春的烦恼。"拉斐尔语气不善，"为此，我甚至愿意扮一整天人偶。"

杰特还以为公主已经消气，看来结论下得太早。

"别的先不说，他们是军人吧，怎么会管这种闲事？"

"我怎么知道。"拉斐尔冷冰冰地说道。

悬浮车穿出森林，来到一片开阔地。

"这就是城市？"拉斐尔问。

他们的左手边是草地，右手边是连绵的高墙，墙后排列着好几十座塔。

"不对吧，城市在那儿呢。"杰特扬扬下巴示意前方。

能看到像卢努·比加那种树木似的建筑比邻而建。

"那这又是何物？"拉斐尔指着塔群，"看来不像自然形成的。"

"不知道啊，难道是城市一直延伸到这里？"

塔里一扇窗户也没有，不像有人居住。每座塔形状完全相同，只是五彩缤纷，而且都是克拉斯比鲁风格的鲜艳颜色。如果让感官正常的人住在这种地方，迟早会精神错乱。

杰特歪着头说："可能是某种纪念碑吧。"

"纪念什么？"

"不知道。"他想象不出来。这颗行星历史尚浅，其中的一座城市能有什么重要的东西，需要花费如此大力气来彰显？"反正跟我们没关系吧。"

"没想到你也有如此无趣的一面。"拉斐尔有些轻蔑。

"我老家有句话，叫好奇心害死猫。"杰特结束了这个话题，他还有更多问题要考虑。

"纪念碑群"的尽头，就是城市。

史法格诺夫恒星还在天空中，生活时间却已近深夜。街上冷冷清清，只有敌军士兵格外醒目。

杰特改为手动驾驶，将车随便开进一个停车场。

"拉斐尔,你听好,在城里也别开口。"杰特确认周围没人后低声说道,"由我出面交涉。"

"我知道,看来在你眼中我相当愚笨。"

"只是保险起见。"

"不如又假装人偶吧?"拉斐尔挖苦道,"你可以扛着我。"

"这怎么行,我岂敢碰触公主殿下尊贵的玉体。"

杰特催促拉斐尔下车,确认没落下东西,就告别了已经开顺手的悬浮车。

"车就留在这里了,或许我们还是去别的城市为好。"虽然周围没有人影,杰特还是压低了嗓门。

"如何去?"拉斐尔也像在说悄悄话。

"应该有城与城之间的大型交通工具吧,虽然不知道是哪种类型的。"

"劝你另想办法。"

"为什么?"

"或许会有盘查,我可不愿总扮人偶。"

"你还揪着不放啊。不过你说得对。"

他不得不承认拉斐尔是正确的,除非先前那名士兵是例外,否则就证明敌军相当喜欢刨根问底。拉斐尔虽然染了黑发,可是一摘帽子就能看出是亚维。看来最好还是别轻举妄动,在这座大城市里等待情况好转更为明智。

"那就先找地方住吧。"杰特说道。

星界的纹章 Ⅱ

11

协助请求

卢努·比加市警局犯罪搜查部警部[1]恩特琉亚·雷将纸卷香烟摁进烟灰缸。虽然火已经熄灭，他却带着不同平常的施虐情绪用力摁了又摁。

这让他心情略有好转，总算愿意去趟管理官办公室。

这个早晨真是糟糕透顶，不，硬要说来，自从那帮人到来，就没有一天好日子。

无论统治宇宙的是亚维，还是"人类统合体"，都跟我们无关——恩特琉亚与大多数克拉斯比鲁居民都是这样的想法。

可是呢，关系大了去了。

那帮人不通知警局就擅自设点盘查，结果阻碍了交通，方方面面都开始受影响。郊外农田的工人、城里上学的孩子都不得不早起，店里的商品也开始紧缺。

而且，不知出于什么原因，他们见到染蓝色头发的居民就抓，全都仔仔细细剃个精光，恩特琉亚的一个部下也惨遭毒手。剃光头早在三年前就不流行了，他们到底知不知道，被迫回到三年前的风格，尤其对女性而言是何等的屈辱?!

最恶劣的行为是插手广播，立体影像广播被大幅限制了节目的选择权，他期待已久的连续剧新作好不容易开播，却没法观看。能看的只有那些家伙的宣传节目，昨晚是对选举

---

1. 警部，日本警察官职之一，相当于中国的警督。

制度的冗长说明。恩特琉亚又不是不懂选举，警察管理官选举更是与他息息相关。

普通民众的这些不满明明是针对"人类统合体"，不知为何却都扣到警察头上。

最大的原因，估计是没人知道占领军的司令部到底在哪儿。

真是谢谢他们了。

如果只看建有城市树的街区，卢努·比加的城市规模似乎很小。其实，全市范围非常广，以街区为中心，半径达三千威斯达珠。虽然大多是农田，不过四散着小的聚落或独立的民居，近八成人口都是分散居住。相应的，卢努·比加警察的管辖区域也相当广。

现在禁用空中艇，再加上盘查，害得警察都没法按时巡逻。那帮人也不分警车和民用车，甚至对巡逻车都查得格外仔细。每次进出街区，连座位下面都要检查一通，他们哪能保证时间顾及全市治安。

卢努·比加市警局已经放跑了四名现行犯，都是因为出警时被占领军拦下，等赶到现场为时已晚。于是，犯罪搜查部就得去找那些没能当场逮捕的犯人，根本是白白增加他们的工作量。这样下去，今年的逮捕率铁定要下降了。唯一的安慰是，警察管理官艾扎恩的评价也会随之下跌。

对警察不满的情绪已经逐渐开始出现。

犯罪搜查部的工作并不包括处理投诉，不过，恩特琉亚的朋友已经第一时间炮轰了他。

然后，他现在又被叫去办公室。

警察管理官艾扎恩今天一早就叫恩特琉亚过去。

他们从来都彼此看不顺眼，不知这是吹的什么风。要叫人最好提前三天先预约，给他时间做好心理准备。

"我是恩特琉亚！"他在管理官办公室的门前大叫道。艾扎恩最讨厌有人粗声嚷嚷。

门开了。

恩特琉亚大步走进房间。

"你好啊，恩特琉亚。"艾扎恩满脸笑容，殷勤地迎上来。

艾扎恩想要见恩特琉亚，通常都是坏事的前兆。如果还表示欢迎，那无疑就是灾难正在发生的铁证。

管理官办公室已经有访客，是名年轻男子，给人的第一印象和蔼亲切。恩特琉亚本来没理由反感，前提是对方没穿着他最近已经看腻的军装。

"这位就是我们犯罪搜查部引以为傲的恩特琉亚警部。"艾扎恩帮忙介绍起来，"恩特琉亚，这位是'人类统合体'维持和平军的宪兵大尉凯特。"

"幸会，警部。"凯特伸出手。

恩特琉亚疑惑地盯着他的手，不知道他想干什么。

"啊，抱歉，"凯特爽朗地笑了，在胸前合起掌，"这里是这么打招呼的吧。"

看着他的笑容，让人真想摸摸他的头说声"真棒"。恩特琉亚拼命忍下冲动，合掌回礼。

"幸会，大尉。"恩特琉亚冷淡地打完招呼，对艾扎恩说道，"说吧，找我干吗？"

其实不用问他也已经猜出个大概，肯定是想把犯罪搜查部派给什么维持和平军随便使唤吧。

任何有尊严的警察管理官，都该拒绝这种屈辱的要求。可是，恩特琉亚还没有乐观到能对艾扎恩报以期待。毕竟，占领军拘留了大量政治家和高级官员。艾扎恩只不过是小城市的一介警察管理官而已，如果这时惹恼了占领军，他们肯定会想起监狱里还有空位。

当然，恩特琉亚对此毫不反对。甚至还希望，监狱的空房最好窄到只够站立，而且终日不见阳光，要是又潮又脏就更棒了。

"唉，恩特琉亚，先坐吧。大尉也请坐。"艾扎恩指着接待用的长沙发。

恩特琉亚和大尉坐到摆放成圆形的长沙发上，沙发腿很短，基本只能把脚往前伸。

"大尉，薄荷茶如何？"艾扎恩问道。

"好啊，来一杯。"凯特笑盈盈地答道。

艾扎恩也不问恩特琉亚的喜好，直接要了三杯薄荷茶。

长沙发围成的圆形正中，升起了三组茶具。

恩特琉亚并不渴，就没伸手去拿茶杯，只是烦躁地看着另外二人品尝起薄荷茶。

"差不多该说正事了吧?!"恩特琉亚终于忍无可忍，"我忙得很。"

"哎呀，别急啊，恩特琉亚。"

"我赞成警部。"没想到凯特站到了恩特琉亚这一边，"此事十分紧急。"

"原来如此，那就进入正题吧。"艾扎恩干脆地点了点头，"从结论说，恩特琉亚，大尉要为我们提供帮助。"

"啊?"看来他料错了，"占领军居然要帮我们?"

"我们并不是占领军，而是解救军。"凯特纠正道。

"到底是这翻译机有问题呢，还是我的词典弄错了？我怎么不知道'解救'这个词还有这种特殊用法。"

"你们受亚维那帮可怕合成人的压迫，我们此行的目的就是解救你们，教给你们民主主义。"凯特高声宣布。

"我们知道什么是民主主义，甚至这位艾扎恩管理官都是通过民主方式选出来的。"在这件事上，他倒恨不得揪住民主主义的胸口，好好教训这玩意儿一番。

"那是奴隶民主主义，仅仅是稍微沾了民主主义的表面形式而已。你们的领导人，理所当然地接受了亚维的统治。可是，真正的民主领导人应当站起来，打破统治者的压迫。"

"是指琴迪议长吗？"恩特琉亚直摇头，"我始终是民主党的支持者，不过他也是个不错的自由党成员。"

"民主党！自由党！亚维统治的行星上存在这种名字的党派，本身就是对民主主义的亵渎。"

"可是也不至于把他扔进牢房吧？"

"并不是牢房，是民主主义学校。"

"什么玩意儿？强制拘留的黑话吗？"

"是教育机构，字面意义上的学校。"

"嚯，"恩特琉亚挑起一侧眉毛，"那为什么没有任何人提交入学申请书？"

"恩特琉亚，说话别这么冲。"艾扎恩提心吊胆地插嘴。

胆小鬼，恩特琉亚在心里嘲笑道。警察系统都快被外人搅浑了，他还在怕什么民主主义学校？

"不，不碍事。"凯特很沉稳，"这种误解完全在意料之内，我们的使命就是消除误解。"

"你年纪轻轻就这么优秀。"艾扎恩赞不绝口。

经过一连串的争论，恩特琉亚更加确信了这是个积极的好人。

在恩特琉亚看来，好人分为两种，消极的好人和积极的好人。大家都感谢前者，后者却只会满足自己。

积极的好人有个特征，喜欢给安稳生活的人挑刺。被指责的一方做梦也没想过自己有问题,往往会不知所措,积极的好人则趁机帮忙解决问题。等获得帮助的一方清醒过来,大多会发现自己比受助之前更加不幸。

"不是说事情紧急吗?"恩特琉亚道,"来帮我们是什么意思?难道这位大尉先生要听我指挥?"

"你也太没礼貌了。"艾扎恩责备道。

"警部的质疑是理所当然的,我会依次进行说明。"

"感激不尽啊。"恩特琉亚讽刺道。

"我们提供协助的是一起特定案件。昨天,这里有市民受伤,车也被抢走。我们十分关心这起案件。"

这种无聊的案子有什么好关心的?恩特琉亚心想。当然,其中肯定有隐情。

"案子编号是多少?"恩特琉亚问道。

"04-337-8404。"艾扎恩回答。

恩特琉亚用通话器连上警察信息系统,找出提到的案子,调到画面上。

"这帮家伙是受害人吗?"三个受害人的名字都是老熟人,恩特琉亚看完证词笑了。"看到路边有男女遇到麻烦,正要伸出援手,却忽然被袭击?"

"有什么好笑的?"凯特不解地歪着头。

"因为这三人是有名的恶棍,从小就一直在给我们添麻烦。不如我给你们提个建议?如果你们想得民心,就把这三个家伙公开枪毙了。毕竟他们还是未成年，有法律这种麻烦的东西限制我们。再说，这帮家伙会伸出援手？多半是想骚扰女方，结果遭到反击吧？如果他们说的才是真话，那可比你们占领克拉斯比鲁惊人多了。"

凯特认真纠正道："是解救克拉斯比鲁。"

恩特琉亚只当是耳旁风，继续问："所以，你们干吗关心这起案子？"

"请仔细看，这里写着'涉案女子说亚维语，而且像亚维一样漂亮'。"

"哈哈，我懂了。不过，这帮家伙的话你可别信。像他们这样有教养的人，或许是能分辨鸟叫和亚维语的区别吧；而且，他们眼里的女人只分两种，'超美'和'巨丑'。另外呢，三分之二的女人都属于'超美'的范畴。他们嘴里的'超美'并不能证明这对男女是亚维。"

"男方并不是。他勉强能说本地话，长相也很普通。恐怕女子是亚维，男子是随从的国民。"

"亚维为什么会下到地面？"恩特琉亚并不认同，"这是他们最不可能做的。我一直在想，哪怕给他们脚底放块大点的土块，说不定都能让他们心神不宁。"

"关于这一点，虽然只是推测，我们在案发现场不远处发现了帝国军的着陆舱。我军高层认为，着陆舱与这起案件存在某种关联。"

"你说话也太拐弯抹角了。简言之,你想说,这两人就是从着陆舱出来的?"

"我只是表示,这种可能性很大。如你所说,这名女子或许并不是亚维,不过,依然有调查的价值。请务必让我们协助搜查,条件是把犯人交给我们。"

"别急,这可是抢劫加伤害,算得上重罪,你却想把犯人要走?"

"在这一点上,"艾扎恩说道,"我们已经谈妥了,你没有权利插嘴。"

"如您所言,管理官。"恩特琉亚耸耸肩。

"那就这样说定了。"凯特微笑道。

"你也听到了,我没有权利。"恩特琉亚扫了眼案件资料的负责人一栏,"这件案子是巴克尼警部补[1]的班子在办,我这就为你引见。"

恩特琉亚非常不快。巴克尼小组正在追查三年前的抢劫杀人案,其他还有大概二件案子要办。这下了,差不多只能全耗在这桩无聊的案子上了。

"不用,"艾扎恩似乎也很不乐意,"恩特琉亚,就由你来指挥搜查。"

---

1. 警部补,是日本警察的职位之一,位居警部之下,巡查部长之上,负责担任警察实务与现场监督的工作。

"我来?"虽然他也隐约有这种预感,却故意惊讶地往后一仰。

"没错,你和凯特大尉一起去查。当然,需要多少部下尽管调遣。举卢努·比加全体警察之力,也要抓住犯人。"

"先等等,管理官,那我别的案子还查不查了?看来你不懂现场的规矩,我也有我的工作。"

"警部负责指挥搜查也是常有的事。"

"发生大案的时候当然是这样。"

"这件案子会不会太大了?毕竟是占领……不对,解救军交代的。"

恩特琉亚和大多数警察讨厌艾扎恩的地方就在这里。艾扎恩对警察中立性的重视还不如要剪的指甲,动不动就被外部的意见左右,把警察机关弄得一团乱。他不是按照案子的重要程度,而是按能吸引多少媒体报道来下指示。

如果他能保证机关灵活变通,那也没什么好抱怨的。可实际怎么样呢?他不仅因为担心议会的态度而疯狂削减预算,让组织机构瘦得皮包骨头,还总提离谱的要求。

不过,他又由于这一点受到选民青睐,从而长期稳坐管理官的位置。

"还有一点我不清楚,你要抓的只是亚维吧?"恩特琉亚对凯特说道。

"帝国国民也不能放过,身为自由的市民却选择给压迫的体制当帮凶，同样可恨。"

"亚维和国民一起抓。不过话说回来，你们有的是人，犯不着找我们这种乡下警察帮忙吧？"

"恩特琉亚，是大尉来帮我们。"

"管理官，这套愚蠢的说辞还是免了吧。大尉，你有多少部下？"

"本人是，"卡特挺起胸膛，"获准单独行动的军官。"

"也就是说，没有。"恩特琉亚摊起手看向艾扎恩——看吧，管理官，这下没有讨论的余地了。我又不是驴，不会轻易被牵着鼻子走。

"警部，这对你们而言是个巨大的机会。"凯特激情慷慨地游说起来，"本来，我们也想寻求当地警察的协助，一起检举奴隶民主主义者，毕竟我们还不熟悉这颗行星的情况。可是，这样一来就没法用克拉斯比鲁的法律制裁被检举对象了，而且关键大家都是邻居，你们执行起来肯定也有抵触。不过，在这件案子上，被检举对象毫无疑问是犯罪分子……"

"抓犯人确实是我们的工作，"恩特琉亚抢先一步，"不过，这怎么就成了巨大的机会？"

"这是你们为真正的民主主义效力的机会。"凯特神秘兮兮地压低了嗓门，"我只在这里告诉你们，我军高层也存在解散现有警察组织的意见，因为这是奴隶民主主义的暴力机关。不过，如果你们能借机和我们向同一个目的努力，就表示你们有可能重生为民主主义机关。"

"那可真是感激不尽。这不会是你的一己之见吧?"

"怎么会?这是广泛的共识,我方多数意见都支持和原有行政机关积极合作,最高司令官也持相同的态度。你们的行动对这种意见起决定性作用。"

"这下你懂了吧,恩特琉亚?"艾扎恩一脸得意,"我们必须以行动来证明警察存在的意义。"

你想证明的是你自己的存在意义吧?恩特琉亚强忍下不快。

"管理官,那不如你亲自出马?"恩特琉亚说完一看,艾扎恩居然在认真考虑他的建议,于是赶紧撤回前言。要是让管理官来指挥,部下们就太可怜了。"好吧,就由我来指挥。"

恩特琉亚压下火气,点上一根烟。

"这是什么?"凯特问道。

"你不知道香烟?"恩特琉亚不快地答道。

"啊,这就是香烟吗?在这里是合法的吗?"

"当然,我就是执法人,这里是警局。"

"我们的社会早在两百年前就禁止了香烟。"

"是吗?毕竟到处都有厌烟主义者。不过,我抽的这玩意儿完全无害,也没有气味。就相当于药物,能起到稳定情绪的效果。"

"问题就出在它的药效,"凯特毫无恶意,"靠药物来控制精神，有悖伦理。违背伦理的药物能够合法化，就表示奴隶民主主义的压迫是何其严重。我们解救军的责任就是消除让你们沉迷药物的原因，以及消除药物本身。"

"哦，是吗？"恩特琉亚深深吸了一口烟。宪兵大尉凯特先生，你发现了吗？就在此刻，你亲手制造了一个反动的奴隶民主主义者。

星界的纹章 Ⅱ

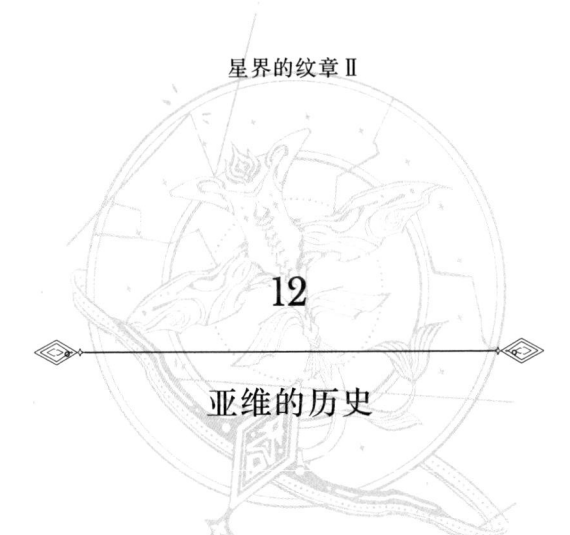

# 12

# 亚维的历史

"今早天气真好。"杰特眺望着暮色中的古佐纽街道说道。

"对我而言是中午。"拉斐尔坐在长沙发上翘着修长的双腿，正看着立体广播发呆。

"你已经能听懂当地语了？"杰特从窗口回过头问道。

"仅仅是部分。"拉斐尔微微点了点头。

"——在这一点上，你们获得的信息都是错误的。这是极不正当的，你们有权利了解……"立体广播接收器是个扁平的盒子，上面立着一名女性的半透明胸像，正在对拉斐尔讲话。

"又在看占领军的宣传广播，有意思吗？"

"很无趣。可是，又没别的事做。"

的确如此，杰特十分同意。这里能解闷的手段，要么是两人聊天，要么就是看立体广播。

克拉斯比鲁的立体广播很无聊。要是在戴尔库图，节目多到一辈子都看不完，而且随时想看什么就能看什么。可是，在这里没法选择节目。

倒不是因为克拉斯比鲁的文化生活有多悲惨，无疑直到最近，这里的节目都不比戴尔库图逊色。现在这种情况是占领军进行了管制，如果遇上特别宣传周，就什么都没得看。

"你吃过饭了吗？"杰特问。

"还没。"

"那我来做我的早餐和你的午餐吧。"杰特伸了个懒腰,"你想吃什么?"

"反正都不合我口味。"听拉斐尔的语气,她并非抱怨,只是在陈述事实。

"那就交给我。"杰特站到房间一角的自动烹饪台前。

他从脚边的口袋拿出罐头,上面写着"牛肉菜豆波尔克斯风味煮红茄,未烹饪:两人份",看不出哪里是"波尔克斯风味",再说他根本就不知道什么是"波尔克斯风味",不过广告图让人很有食欲。

杰特将罐头塞进自动烹饪台的投放口,口味浓淡调到中等,再把深盘子放到出餐台,然后启动自动烹饪台。

自从他们住进这家名叫"利姆泽尔亭"的旅馆,已经是第三个生活日了。他们扔了车就开始寻找住处,幸好立刻就找到这家旅馆,于是交了十天的预付款暂住下来。

房间包含起居室和一间卧室,还配有浴室和盥洗间。虽然没有厨房,不过起居室一角有这个自动烹饪台,简单的饭菜不成问题。起居室里还有长沙发和立体广播接收器。

两人一进门就买足了换洗衣服和好几天的食品,然后一直闭门不出。拉斐尔自不用说,就连杰特也别出门为好。

不知别人是怎么看的,杰特有些不安。

旅馆登记簿上,他们留了"赛伊·杰特"和"赛伊·莉娜"的名字。要是被问起,他们打算自称兄妹,不过接待员并没追究。如果克拉斯比鲁接受早婚，说不定是把他们当成了夫妻。

不过，兄妹也好夫妻也罢，三天都不出门，怎么说也有些古怪。

如果这里是戴尔库图，他俩肯定会吸引众人的好奇。戴尔库图人非常关心他人，稍微表现出反常，立刻就会被刨根问底。

不知克拉斯比鲁人是什么情况。他俩还过于年轻，不知那名接待是否会满心好奇，胡乱想象他们的来历。又或许，这十天他们并不关心，只是如果第十一天没人来交押金，那就要偷看一下情况。

杰特想，如果他们好奇，大可直接上门来问。就算他不敢保证能顺利蒙混过去，起码可以把事态控制在一定范围内，不至于太过恶化。

最糟糕的情况是接待员对别人说起，一对男女连着三天闭门不出，不知在干什么。这岂不是最适合打发时间的谜团吗？

三天变四天，四天增加到五天，谜团越来越大，随之吸引更多人的关注……说不定等回过神来，他们已经成了小范围的知名人物。

而且，接待他们的那名男子一看就很爱嚼舌根。

杰特叹了口气，或许还是应该不时外出一下，对心理健康也有好处，他受不了这种闭塞感。

两人一直在错开时间睡觉。一来是因为只有一张床，二来也是为了保持警戒。不过，最大的且没有明说的理由，是因为一整天面面相觑会让人窒息。

他们又不是热恋中的情侣，从早到晚共处一室，神经难免紧张。实际上，这段时间拉斐尔脾气一直不好。

一天中的三分之一时间用来睡觉，三分之一享受孤独，最后三分之一两人一起过。会制订这样的时间表，也是以防这样下去一点小事就会引发争执。而且，他俩都持有武器，在这种大气环境下，亚维公主和伯爵公子相互厮杀，那可让人笑不出来。

自动烹饪台哔的一声响。

杰特取出盛着波尔克斯风味煮红茄的盘子，将另一只空盘放进出餐台，把口味调到清淡，再次启动机器。

太麻烦了，如果两人口味一致，就能一次性做双份。

一开始用这台机器时，他就是这么办的。结果，杰特终于吃到有盐有味的饭菜，十分满足，拉斐尔却被咸得一口都吃不下。

于是，从下一餐起，他只好分开调味。不过即便如此，公主的舌头还是嫌味道太重。

自动烹饪台又响了。

杰特把两盘食物放进托盘，配上冰好的薄荷茶。

立体广播接收器同时也是餐桌,或许在克拉斯比鲁人看来,边看广播边吃饭是种不礼貌的行为。

"我放下来了。"杰特对看着节目出神的拉斐尔说道。

立体影像发生了变化,方才的女子成了小人偶,连五官都看不清。在她头上,一个老式的轨道城市正在自转。

"在说什么?"杰特边说边放下托盘。

影像被托盘遮挡,变得模糊错位,不过声音十分清晰。

"——目的是探索宇宙深处。他们认为,有机的机器要比纯粹的机器更能胜任。就当时的技术而言,也的确如此……"

"在讲我们的起源。"拉斐尔轻喃道。

"亚维的?"

"没错。"

"——这就是,亚维!"效果音配合着女子亢奋的声音,"所以,亚维并不是人类,不过是有机的机器……"

"太过分了。"杰特伸手去按接收器的操作按钮,"我关了,先吃饭。"

"嗯。"

"——各位自由的人类,我们应当让亚维回到他们应有的地位,也就是服务人类的生物机器的地位!这对他们来说,才是幸福的……"哔的一声,声音和影像一起消失了。

杰特把薄荷茶倒进两只碗里,端过托盘里的餐盘。

拉斐尔也端过碗和盘子开始吃饭。

"方才的广播……"拉斐尔边吃边说。

"那个一听就是骗人的?"

"并非骗人。"

"为什么?"

"我们的祖先的确是人造的生物机器,这是事实。你不知道吗?"

杰特眨巴着眼睛——他还真不知道。

帝国建国前的亚维历史,被包裹在神秘的黑暗中。原因很简单,约在帝国历前一百二十年,亚布里艾尔都市船遭遇事故,失去了从前的航行日志——也就是亚维的历史。从那之后的历史才明确流传至今。

当然,很难认为亚维会忘却自身的来历。只是,他们原本就极少讨论自己,而且在这一点上始终回避——或许是觉得没有明确提及的必要,于是任由地上民尽情发挥想象。

回想起来,杰特在戴尔库图行星上也读到过类似的说法,不过他只当作是迎合大众的胡诌,并没有留下太多印象。

"嗯,我不怎么了解。"杰特实话实说。

"我们并非刻意隐瞒,只是多少有些影响名誉,不太愿意提及而已。这段历史也没有书面记载,只是由家长讲述给子女,口头流传。"

"看来没人告诉我的家长。"

"这不可能,海德伯爵阁下应当也在授爵仪式上听过。但凡亚维,一定知道这段过去。"

"这样啊……可是他从没对我说过。"父亲肯定认为这种事不值一提吧。

"是吗?那我来告诉你……"

拉斐尔端正坐姿讲述起来。

地球上曾有个火山性质的弧形列岛。得益于这里的地理条件,当地居民拥有选择外来文化的自由,于是取外来文化精华孕育出独特的文明。

不过,交通的发达和经济圈的扩大无情地涌向列岛。起初,列岛的居民十分享受这份恩惠,列岛也因此大为繁荣。可是不久后,发生了全球规模的文化混淆,列岛独特的文化和语言成为风中残烛,这让部分居民忍无可忍。

于是,他们选择离开地球。当时轨道城市已经投入使用,他们准备前往小行星带寻求新的天地。

选择离开地球的居民还不到整个列岛的千分之一,不过也足以保存现有文化。

他们将当时的列岛文化定义为"被外来文化污染的产物",努力重现旧日的原貌。语言上,只保留基础部分的单词并进行重构,同时扩展语义用以表现最新的尖端技术,并复活古语,从拟态词创造新词。

自从发现"关闭之门"以来,人类逐步打开了通往外太空的门扉,他们也开始考虑是否应该移居到别的星系。因为,随着人口的增加,居民们开始希望重回在大地上的生活,哪怕需要离开太阳系。

可是,他们骨子里的孤高态度带来了弊端,导致他们被排除在人类共同的外太空殖民计划之外。

于是,他们开始着手制定自己的外太空探测计划。然而,他们并没有"关闭之门",无法从相对论的角度保证速度,有的仅仅是低速的核聚变飞船。

为了用低速船实现目的,同时也是为了方便在宇宙空间操作机器,他们动用了禁忌的技术——通过改造人的遗传基因,制造优秀的船员。

他们召集起资质过人的居民,使用他们的遗传基因制造出三十个生命体。他们并不把这些生命体视为人类,于是选择了人类绝不会出现的蓝发作为遗传性状,以示区别。

"这种发色,"拉斐尔想展示头发,却发现并非原本的颜色,不由得皱起了面孔,"总之,蓝发是奴隶的烙印。"

"这我就不懂了,"杰特摇头,"那你们干吗这么执着于蓝发?"

"是为了记住我们的由来,以及原罪。"

"原罪?"

"没错,亚维这一种族的原罪……"

除一名原始亚维死于训练,剩下的都按计划被送上了低加速飞船。飞船只能通过短时间的加速获得慢到可悲的航速，缓缓向目的地行驶。如果无法在目的地补充氢，甚至无法返程。但凡正常人恐怕都会拒乘，可是，原始亚维并没有人权，没有反映自己主张的余地。

航行途中，原始亚维发现了"关闭之门"。他们几乎耗尽了本来应该用于减速的燃料，终于捕捉了"门"。这是一场危险的赌博，但他们收获了足够的回报。成功捕捉后，原始亚维动用有限的资源和技术，将母船改造为靠"关闭之门"提供动力，获得了之前无法比拟的高加速。

在偏离原定航行计划的那一刻，原始亚维就已经决心与母城诀别。他们希望成为一个单独的种族，于是在无人见证的宇宙深处宣布独立。

"这就是种族的原罪？背叛母城算是罪过吗？"

"不，仅仅如此并不至于受到良心苛责，还有后续。"

原始亚维将船驶向就近的恒星系，发现丰富的资源后，建造了更大的飞船。这是人口增加带来的必然结果。之前他们乘坐的只是探测船，新船则具备更丰富的功能，称为都市船也不为过。

他们并不憎恨母城。城市给予他们的任务确实只考虑自己，十分薄情。可是无论如何，是母城给了他们感受宇宙的能力——也就是空识知觉。

不过，他们心怀恐惧，害怕遇上母城派遣的惩罚部队。

事后理性地思考一番，就会发现这种恐惧只能称之为妄想，母城哪里有能力送出惩罚部队？

可是，对原始亚维而言，母城的阴影过于巨大，仿佛她无所不能。

他们从电脑里调出技术信息，生产出武器，将全体成年人编为军队，实施训练。

顺带一提，拉斐尔的远祖，就是当时负责训练的航法部军官之一。都市船上的工作又多又杂，而且人口很少，不可能按照各个职务创办学校。因此，教育采取的是学徒制度，这种制度又极易转向世袭。不仅是航法部军官，船员基本都是世袭的，他们的血脉一直延绵传承至帝国的古老贵族。

好了，准备妥当后，原始亚维决定先下手为强，也就是毁灭母城——

"这也太欠考虑了。"杰特说道。

"我也有同感，于是问过父亲。"

"他怎么说？"

"父亲说，无尽的恐惧让祖先们濒临崩溃，他们害怕这种恐惧将永无休止。祖先们唯一的目的，就是尽快结束那个充满恐慌的时期。"

"好像也不是不能体会……"

"老实说，我并不太理解，父亲也不可能理解，因为我们并未经历过那个时代。总之，祖先们回到了太阳系……"

结局毫无波澜。

事后才知道，人类并未等待迟迟不归的原始亚维，而是建造了好些"关闭之门"动力飞船，从母城送走了好几批移民团。国力也因此大为衰退。

如果能够正确传达这一事实，原始亚维想必也不会执意出手。很明显，母城既没有意向也没有能力派遣惩罚部队。

然而，母城却想讨价还价。原始亚维拥有的信息和飞船充满吸引力，母城妄图再次将他们置于统治之下。

原始亚维立刻停止交涉，倾全力向母城发起总攻。

虽然原始亚维人数极少，但个个都是战士，使用的武器也丰富多样。反之，战争对母城的居民而言，早已只是历史上的一个概念。

本该强大的母城现在几乎没有军事实力，自然无法抗衡已经成为星际机动要塞的都市船。

太阳系内也有其他国家，却没有任何一方介入。即便想插手，事态发展极快，加之距离过远，根本没有干涉的余地。更重要的是，太阳系内根本不存在能与原始亚维抗衡的军事实力。

超过百万的母城居民要么被劫火吞没，要么被抛进真空，转眼就一命呜呼。

"祖先们达成了唯一的目的。然而，目睹着宇宙里四散的残骸，才恍然发觉自己是多么深爱着母城。"

"爱母城?"

"嗯。那是他们的故乡,也有心爱的文化。母城的存在本就是为保存文化,硬要说来,也是祖先们诞生的理由。然而,母城已不复存在,也无法指望母城送出的移民团。既然如此,岂不是只有祖先们才能传承文化?于是,他们有了新的目标,那就是守护包括语言在内的整个文化。"

"直到现在这也是亚维的目的?"

"没错。祖先们以亚维自称也是在那一时期,此前只是互称'同胞'。在古亚维语,也就是母城的语言中,'亚维'表示宇宙,或者海里的种族。过去我们是在宇宙流浪的种族,再没有比这更适合我们的称呼。只是,发音已有很大变化。"

"守护文化不是亚维的使命吗?发音都变了岂不是失职?"

"并非如此。变化也是我们文化的一种特色,恐怕任何文化都不例外。而且,听说母城复原的文化本身也是各个时代混合的产物,其实相当随意。既然如此,大可不必拘泥于守旧。发展文化,也是守护文化的职责之一,只要别被外来事物过度影响即可。"

"嗯,或许是这样。"

"至少这是我们的理解。"

"喔。不过,敌军又是怎么知道这些的?"

"并不奇怪,查看太阳系里留存的记录就一目了然,帝国内也有知道真相的地上世界。你的祖先，想必是在原始亚维回到太阳系前就已出发。"

"估计是。否则一整个轨道城市被毁，历史肯定会有记载。"

"亚维亲手抹杀了心爱的故乡，这便是我们一族的罪过。守护母城留下的文化，则是我们一族的使命。父亲说过，成为亚维就意味着肩负罪过和使命，我也是这样认为的。"短暂的沉默后，拉斐尔问道，"杰特，你不愿成为亚维了吗？"

"说什么傻话，"杰特努力摆出笑容，"我已经是亚维了，这不是你教给我的吗？"

"是啊。"拉斐尔不明所以地点点头。

波尔克斯风味煮红茄凉透了，杰特正要把剩下的吃光，就在这时——

"不好意思。"门外突然传来了女人的声音。

"不准进！"杰特下意识地叫道。

可是门已经开了。

"打扰了。"一名女子双手抱着崭新的床单走进来，她的皮肤晒得黝黑，头发和眉毛都是黑色，眉清目秀，看起来三十来岁。

"你、你是谁？！"杰特也知道自己的声音在发抖，女子眼中的神采让他胆战心惊。

"哎呀,从我的打扮看不出来吗?我是客房服务员。"

"客房服务员……"杰特傻眼了,他不知道这家旅馆还有客房服务。

"没错,我来换床单。"

杰特看到拉斐尔垂下的刘海遮住了空识知觉器官,这才放下心。

"可是……"杰特说道,"之前都没人来换过,今天怎么又有了?"

"哎呀,这是常规服务。"

"可是,塞到那里面就行吧?"杰特指着墙上的投放口。把需要清洗的衣物放进去,一小时后就会干干净净送回房间门口。

"很抱歉,可能是联络上出了差错。我能进卧室吗?"

"啊,不用,我把床单拿过来。"杰特拼命想压下内心的慌乱。

电子手环和凝集光枪都在卧室里,尤其枪就藏在枕边,只要动床单必然会被发现。

"可是,怎么能让客人做这种事……"

"不要紧。"杰特强行拦住服务员,自己冲进卧室扯下了床单。

他用胳膊夹着床单回到起居室,塞给客房服务员。

"唉,真是麻烦您了。"服务员还抱着新床单,"那至少让我帮您铺床吧。"

"不用，不劳费心，我自己来。"杰特郑重拒绝。

"哎呀，是吗？"服务员将床单放在长沙发上，偏起头，"没有需要清洗的衣物吗？"

杰特正要摇头，不过转念一想，表现得过于狼狈也不太好，于是从浴室拿出脏衣篮递给了女子。

"劳烦您了。"女子把换下的床单和衣物塞进投放口。

"请问……"杰特问道，"你们每天都会来换床单吗？"

服务员莞尔微笑道："都依客人的希望。"

"这样的话，那就不用麻烦了。送过来就行，我自己会铺。"

"哎呀，这样吗？没问题。"

"还有，门不能从里面上锁吗？"

"当然可以，这还用问。"

"刚才也是锁上的，可你直接就进来了……"

"因为我是工作人员。"

"那有没有工作人员也打不开的锁……"

"这位客人，"服务员的语气中带着责备，"如果有，旅馆就没法确认客人安全与否了。"

"啊……确实。"服务员说得很对。假如有客人拒不出门，旅馆也会头痛。"可是希望你们今后等我们回话了再进来。"

"我们现在也是这么做的。"服务员一本正经地答道。

"可是……"杰特正要抗议,不过转念一想,都说了不行她却硬闯进来,即便责备她恐怕也没什么意义。

服务员始终待在房间里,带着意味深长的微笑,不知还在等什么。

"还有什么事吗?"杰特不解。

服务员深深叹了口气,"这位客人,我问这种话确实不礼貌,可您知道'西弗'这种东西吗?"

杰特急了,他真不知道。这名女子到底在说什么,她的目的是什么?

"小费,这样说您能明白吗?"她继续说道。

"啊,原来如此!"杰特高声说道,这下总算明白了话题的主旨,"知道了,请稍等。"

杰特拿起当作钱包使用的小袋子,取出几枚硬币交给服务员。

服务员用批判的眼神仔细端详着硬币。杰特见状连忙再加上一枚,她这才摆回亲切的笑容。

"恕我冒昧,这位客人,我能再多说一句吗?"

"当然,请讲。"

服务员拉出配置在换洗衣服投放口一旁的小托盘,杰特完全不知道它的用途。

"希望您能在衣物洗好前,用这只托盘装好西弗放到走廊，我们将感激不尽。"

"啊，是啊，之前不小心忘了。"杰特语无伦次地辩解起来。

"有劳了。"服务员不忘强调一句。

"放心，"杰特用力点头，"下次我会多放些，补上三天的。"

"很高兴您是位通情达理的客人。"服务员一鞠躬，"那我就不打扰了。"

服务员离开后，杰特这才松了口气。

"这是做什么？"拉斐尔问道。

杰特耸耸肩，"我们该给的钱没给，她是来抱怨的，只是很委婉。"

"我们付过钱。"

"那是给旅馆的，但真正的付钱对象我们却没看到。"

"你的话很难懂。"

"是吗？总之，这下清楚了为什么第三天会有服务员上门，并且硬闯进来。只要我们好好遵守规则，对方就不会来烦我们。"说到这里，杰特又心虚地加上一句，"但愿吧……"

星界的纹章 Ⅱ

# 13
## 发现悬浮车

"不会有错吧？"恩特琉亚确认道。

"几乎可以肯定。"主任鉴定官很确定，"车的注册编号一致，也检测出三名受害人的体液痕迹。"

"血液吗？"

"不，是精液。"

"呕。"恩特琉亚哼哼道，"亏你们有心情去查那种东西。"

"我们也不想做啊。"主任鉴定官皱起眉头。

"我是不能理解啊，在这么狭窄的地方怎么能有那种兴致。"恩特琉亚扬起下巴指了指悬浮车的座席。

"可不是。"

"而且还是三人一起！慢着，他们是在征得对方同意的基础上释放出那什么……呕，体液的吗？"

"这倒不清楚。"主任鉴定官耸耸肩，"不过……就我个人毫无根据的感想而言，我认为可能性极小。"

恩特琉亚也有同感，"看来有必要查一查这几位受害人其余的罪行。"

"这种事不重要，"宪兵大尉凯特一直在旁听恩特琉亚和鉴定官的交谈，终于等得不耐烦，"发现亚维的痕迹了吗？"

"目前还未发现。我们已经采集了超过五十根头发，接下来才要进行遗传基因检测……"

"那就赶紧去做，立刻。"

主任鉴定官看着恩特琉亚等他指示。

恩特琉亚使了个眼色，让他先走。主任鉴定官这才转身离去。

"真是的，多亏这帮家伙不讲卫生。"恩特琉亚倚着指挥车，点上一根烟。

卢努·比加市警局专门派来鉴定官，把疑似亚维及同伴夺走的悬浮车查了个底朝天。接下来就该又是拆解又是组装，开始鉴定官最喜欢的游戏。

周围停着卢努·比加市警局的巡逻车和鉴定车，他手下的警察正在警戒。

"看来是有线索了。"凯特很激动。

"都三天了，自然会找到线索。"恩特琉亚没什么兴致。

居然花了三天时间才有这么点儿进展！按理说最多一个小时就能找到车，前提是警察能像平时那样巡逻；又或者，警察间的联系能像从前那样紧密也行。

他让凯特至少给警车发个通行证，凯特却回绝说没有权限。

这时，恩特琉亚产生了一个可怕的疑问：这家伙该不会自认是宪兵大尉，其实只是个毫无权限的逃兵吧？

还好，这个疑问并没让他烦恼太长时间。只要凯特坐在车里，任何盘查他们都能优先通过。

"警部在思考下一步该怎么做吗？"凯特问道，"我的意见是挨家挨户把这座城市从头到尾查个遍。"

真是太年轻啊，恩特琉亚受够了，先想想有多少人手吧。挨家挨户查个遍？要这么做，岂不是要调动卢努·比加市几乎所有的警力。先不管艾扎恩，至少我是丝毫没有让警局开门停业的打算。

只有脚底抹油这一条路了。

"是啊，"恩特琉亚装作在思考，"既然这里是古佐纽，我认为应该交给古佐纽市警局来处理。毕竟是他们的地盘，而且他们人手够多。"

"你要交给别人？"凯特歪着头，有些难以置信，"我无法理解你为什么毫无热情，要知道对方是可憎的亚维。不过考虑到你们昨天为止都在高喊皇帝陛下万岁，也情有可原……"

"拜托，"恩特琉亚很泄气，"我连皇帝的名字都不知道。"

"这明显侵害了你的知情权，知情权是指……"

"求你别解说。皇帝的名字随便一查就知道了，我只是没兴趣。"

"不关心政治才是民主主义最大的敌人，你们一直在承受亚维和他们手下帝国国民的压迫。"

"不准你说我祖先的坏话。"恩特琉亚冲着卡特吐了一口烟。

"祖、祖先……"凯特边咳边重复。

"你没发觉吗？恩特琉亚这个姓氏很有亚维特色。我五代以前的祖先是国民，据说是星界军的从士。详细情况我不太清楚，大概是不习惯宇宙生活吧，最后又回到了地上。"

"这、这样啊。"凯特大张着嘴，不过立刻又精神起来，"那你更应该憎恨亚维这个可恶的敌人了。"

"我不懂你的思路啊，解释一下？"

"因为你家从国民被降到了领民，这份仇恨——"

"我并没有这方面的执念，"恩特琉亚苦笑，"而且，你有个误会，国民和领民是平等的。国民的权利由帝国维护，领民的权利由领民政府维护，说白了就只是管辖不同。不过，对警察来说确实有些复杂。我也有国民朋友，我在他面前也不会畏首畏尾，就跟普通人一样相处。"

"你的朋友……"凯特瞠目结舌。

"没错，那家伙在史法格诺夫侯爵家管理农场。反正肯定是被你们扔进强制收容所，不对，民主主义学校了吧。我出于担心联系过他，结果他家里没人。"

"这还用说，那伙人比奴隶民主主义者还恶劣。我不知道你那些朋友个人的问题，不过只要是帝国国民，就应当接受民主主义教育……"

"我都想不通自己现在怎么能保持冷静。"恩特琉亚露出恶狠狠的笑容瞪向凯特。虽然不比"亚维的微笑"，起码也是让数十名犯罪分子及其后备军闻风丧胆的表情。"我从来就是出了名的照顾朋友。"

"关于刚才的提案……"凯特一下子失去了冷静。

"什么提案?"

"把这里移交给古佐纽市警局的提案。"

"啊,你说。"

"或许是妥当的建议,"凯特露出揣测的眼神,"你似乎并不太乐意和我一起工作。"

"怎么会,从刚才起我就乐意起来了。"恩特琉亚摆弄起腰间的短针枪。

"给你一个忠告,"凯特一脸严肃,"太小看我,可不是什么明智之举。我被授予了任意逮捕权。"

"喂,你们过来。"恩特琉亚召集起部下。

"怎么了,警部?"好几个手里正闲着的警员跑了过来。

"没事,你们就在这儿站着。"

"是。"

恩特琉亚重新看向凯特说道:"我刚刚没听清啊,任意逮捕权又怎么了?"

凯特咬牙切齿,"要知道这座城市里也有我军驻守。"

"可是,这里没有。"

"你要敢做这种事……"凯特不安地东张西望。

当然,恩特琉亚并不是真要对凯特动手。警察只配备了短针枪,他不可能狠心到让部下同军队进行枪战。

"只是开个玩笑。"恩特琉亚亲热地拍了拍凯特的肩膀,"难道不是很有趣吗?我还期待能逗得你哈哈大笑呢。"

"啊,这样啊,玩笑啊……"凯特战战兢兢地扯出微笑,"玩笑能促进人际关系。只是,你们这里的玩笑有些难懂。"

"各个星球都不一样。"恩特琉亚猛地抓起凯特的前襟,把嘴凑到他耳边,"不过呢,这句话麻烦你记好:这里不欢迎你们,我也不打算促进跟你的人际关系。"

"可、可是……"凯特的嘴一张一合。

恩特琉亚坏笑着收回手。

"总之,就让提案成为现实吧。我会让古佐纽市警局尽量派个不抽烟的来接手。"恩特琉亚取出腰间的通信器,打给了艾扎恩管理官。移交案件必须先知会管理官,然后才是现场的交接。

可是,艾扎恩并不愿意放弃与占领军的合作关系,他说什么也想显示出自己对占领军有点用处。

恩特琉亚指出,古佐纽明显不归他们管辖,而且如果没抓到人,很可能惹占领军不快。

艾扎恩暗示反对恩特琉亚移交案子,严令他抓住降落到地上的亚维。

恩特琉亚则明确表示希望移交,随即滔滔不绝地开始描述搜查是多么艰难,令管理官也不安起来。

最后,艾扎恩屈服了。

恩特琉亚暂且放心地挂了电话。

他笑容满面地看向凯特，说道："这下子，你我就都能回到幸福的生活轨道了。"

"在我们的世界里，你现在的举动明显违背纪律。"凯特哑然，"或许这就是你警察生涯的终点。"

"这倒不会。"恩特琉亚自信满满。

恩特琉亚是卢努·比加的名流，优秀公正的警官有资格享受这种待遇。如果恩特琉亚被免职，艾扎恩无疑会备受责难，他自己应该也心里有数。

"警部。"主任鉴定官从刚才通话时就等在一旁，他打断恩特琉亚和凯特，递出一块封有毛发的树脂片。"出结果了，是亚维的头发，恐怕是女性的，被染成了黑色。"

"警部刚才在通话，"凯特瞪大了眼睛，"你怎么不向我报告?!"

"因为大尉先生并不属于我们的命令系统。"主任鉴定官冷漠地瞥了眼宪兵大尉。

"我和警部是同级的。"凯特说道。

"我之前不知道。"这次主任鉴定官连看都不看他一眼。

"行了，大尉先生，这不挺好，又多了一个线索。"恩特琉亚挥了挥收到的树脂片。

"话是不错……"凯特有些不满。他垂下头，眼中藏着压抑不住的怒火。

看来有些欺负过头了，恩特琉亚正在反省，这时通信器响起了呼叫音。

恩特琉亚兴冲冲地拿起通信器。对方自然是艾扎恩管理官，不过，他传达的内容却让人大失所望。

与古佐纽市警局的交涉以失败告终。对方竟乐呵呵地授予了恩特琉亚跨辖区办案的权限。听艾扎恩的口气，他们甚至巴不得用包装纸把授权文件包好了送给他。对方还表示，虽然不会派人手，不过会第一时间提供信息。

看来古佐纽的管理官要比艾扎恩精明得多，这下恩特琉亚后悔也来不及了。

"所以说，恩特琉亚，往后的事你不用担心，专心办案吧。"艾扎恩简单地总结道。

恩特琉亚一声呻吟，切断了通话。

"由我们继续搜查。"他简短地向凯特传达了噩耗。

"这样吗？"宪兵大尉发挥出惊人的抑制力，面无表情，"我打算呼叫增援部队。"

"你不会想从市警局调人吧？"恩特琉亚明显表现出不快。如果凯特提出要求，肯定连会计都会被管理官拽离办公桌。

"不，"凯特明确否认，"是从我的部队。我会同长官交涉，要求派遣几名部下。"

恩特琉亚知道凯特在打什么算盘，他是想拿人手不够当借口，给自己增加同伴。像刚才那样仗着人多欺负他，也难怪他会有这种考虑。

恩特琉亚并不打算拒绝，反正就算拒绝凯特也不会听。

"是吗？毕竟人手再多也不够用啊。"恩特琉亚消极地表示同意。

干脆提议分两头进行搜查吧，这样双方都能舒舒服服地工作。

"没错。"凯特点点头，立刻把手腕上的通信器凑到嘴边，带着几分毕恭毕敬的态度开始通话。

恩特琉亚不知他们说了什么，只是，一看凯特失望的样子，交涉的结果就显而易见。

"为什么大家都要陷入不幸呢？"恩特琉亚首次对凯特产生了同志般的感情，"是不是有什么人把幸运都独占了？"

"肯定是。"凯特几乎是无意识地低语，"说正事吧，接下来怎么做？"

"就这么点儿人，只能按规矩办了。"

"具体来说？"

"挨家挨户搜查是不可能的。首先从收费的住宿设施查起，然后再扩大范围。"

"看来要花不少时间啊。"

"是啊，只能祈祷他俩傻到住在旅店里了。现在这样的非常时期，估计没什么人会优哉地旅行吧？"

星界的纹章 II

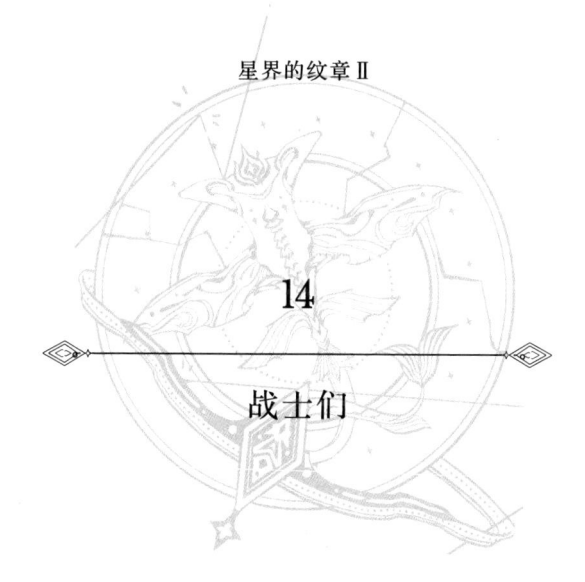

# 14

## 战士们

杰特正逼着自己看立体广播来练习克拉斯比鲁语。忽然，他背后传来了声响。

他惊讶地回过头，只见四名男子一股脑儿地冲进来，不由得想站起身。

"放弃无谓的抵抗！"打头的矮个男子怒吼道。

男子们都拿着麻醉枪，齐齐瞄准了杰特。但凡他有任何可疑举动，肯定立刻就会僵硬得像棵白桦树。

"你、你们是干吗的?!"杰特也大叫起来。

"看不出我们是警察吗?"矮子一脸受伤的表情。

"警、警察……"

终于还是来了吗？杰特的掌心沁出汗珠。

男子们穿着统一的服装，黄和绿的组合看不出任何体现警察特征的要素。不过，这里是恶趣味的克拉斯比鲁，他们这身配色也显得朴素起来。

"还有一个女人吧？她是亚维大小姐。"矮子问道。

"没有。"杰特装傻，"你们是不是弄错房间号了。"

拉斐尔正在卧室里，如果能想办法瞒过去……杰特燃起了短暂的希望。

"她已经睡了吧？"矮子一眼看穿，"倒是你怎么还醒着？真是个没常识的家伙，你不知道已经到了睡觉时间吗？害我们计划都被打乱。"

杰特在想，有没有必要向他道歉。

"喂,"矮子回头看向同伴,那是个体格健壮皮肤黝黑的彪形大汉,"你去卧室看看。"

大汉点点头,向卧室走去。后面跟了个剃着光头的男子,瘦得像只正在减肥的仙鹤。

"不准去!"杰特已经忘了麻醉枪,向大汉扑去。

大汉不耐烦地一挥胳膊。

杰特被撞飞在地,他正要站起来,却发现枪口近在眼前,顿时一动不动了。

"我承认你勇气可嘉,"矮子把麻醉枪紧紧抵在杰特眉心,"不过下次再敢乱动,我可不会手下留情。"

"你们是来逮捕我们的吗?"

"是这么设定的。"

"设定?"

"烦死了,回头再解释。"矮子对大汉使了个眼色,"喂——"

杰特没有错过男子移开视线的瞬间。

他猛地抓住了矮子的手臂,两人扭打在一起。

任凭在地上怎么翻来滚去,杰特死死抱着矮子的胳膊就是不放,最后用力一拧男子的手腕。

"好痛!"矮子叫唤着松开了麻醉枪。

杰特伸手就要去捡。

就在这一刹那,两名男子压到了杰特身上。其中一名是跟在大汉身后的瘦子，另一名则是剃着平头的黄发青年。

"可恶。"杰特脸朝下被死死压住。

瘦子骑在杰特的腰上摁住他的腿，青年坐在杰特背上拧起他的手。

"就这么压住他。"矮子喘着粗气捡起枪。

"不如直接把他麻醉了？"青年提议。

"那不是得我们来扛他？不行，要尽量让他用自己的腿走路。"矮子摇头。

"可是，送葬人……"

"蠢货。我们是警察，要叫巡查部长。"

"是，巡查部长。"

看起来有些蹊跷，他们当真是警察吗？如果不是，那又会是谁？不过可以肯定，他们并不是占领军。

后脑勺硬邦邦的触感打断了杰特的思考，矮子正用枪抵着他的头。

"真是了不起的忠心啊，嗯？丑话说在前头，虽然我希望你能用自己的腿走路，不过并不是绝对。你中过麻醉枪吗？要是以为能幸福地失去知觉可就大错特错了，你全身的肌肉都会嗷嗷惨叫。"

"你们当真是警察？"杰特问道。

瘦子吹了声口哨，说道："我就喜欢这种年轻人，这种情形下还能从容地问问题。还是说，他根本就不明白自己的处境？我非常感兴趣。"

"是哪种都无所谓。"矮子再次命令大汉,"达斯瓦尼,还愣着干吗？快去。"

名叫达斯瓦尼的大汉无言地点点头,打开了卧室门。

达斯瓦尼刚踏进卧室一步就停了下来,他拼命摇着头,开始一步步往后退。

起初,杰特不明白发生了什么。

不过,当拉斐尔随着达斯瓦尼出现在起居室,情况就一目了然。

拉斐尔穿着旅馆准备的白色连体型睡衣,蓬乱的刘海间能看到泛着无机色泽的空识知觉器官。她上挑的双眼毫无感情,手里握着凝集光枪。

凝集光枪看外观就足够可怕,而且蕴含着轻易就能把人体切成片的威力。相比之下,麻醉枪无论外形还是能力都不过是玩具。

"是亚维……"青年恍惚地低喃,"真的有啊。"

达斯瓦尼的后背咚地碰到了墙壁。

然后,所有人就像被定住似的一动也不动。

最终是矮子打破了沉默。没想到他能说亚维语,虽然带着口音,不过语法相当标准："亚维,扔掉武器。你不管这年轻人死活吗？即便是麻醉枪,这种距离也能杀人。"

"他若是死了,你们就地陪葬。"拉斐尔紧皱着眉,干脆利落地说道,"我不会让你们中的任何一个活着走出房间。先申明,我现在心情极其糟糕。"

"可以理解她的精神状况,"瘦子低语,"看来任谁被吵醒都会有起床气啊,连亚维也不例外。这可是个新发现。"

没有任何人关心他的新发现。

"我们有四个人,怎么会输给你俩?"矮子反驳。

"要试试吗?"拉斐尔扬起下巴。

"哇。"青年正要冲拉斐尔举起麻醉枪。

可是,拉斐尔动作更快,她像吹口哨似的噘起嘴,扣下扳机。凝集光枪枪口迸发的热线精准进入了麻醉枪。

"好烫!"青年扔掉了麻醉枪,无疑是因为瞬时的炽烈高温。

大汉想趁机端起枪。

凝集光又贯穿了他的武器。

大汉忍着烫扣动扳机,然而麻醉枪已经失去功能。

大汉愣在原地,在他脑袋左右两边的墙上,多出了数个焦黑的洞。

达斯瓦尼反应过来,瘫坐在地。

"别开枪,我不会乱来。"瘦子举起双手,顺便把麻醉枪扔了。

"如你们所见,我接受过射击训练。"拉斐尔冷静地说道,"我有不少值得骄傲之处,射击技术是其中之一。不过,现在我头脑不太清醒,身体的动作也很迟钝。别期待我下次还能射准。"

室内再次被大理石般僵硬的寂静笼罩了。

矮子冷汗直冒,一动不动。

杰特的手脚恢复了自由,不过两名男子依然压在身上,让他动弹不得,而且脑袋照样被枪抵着。

杰特想到一个小小的建议:"我说,你们是不是应该重新考虑一下?"

矮子抗拒地瞥了一眼杰特,然后视线移向麻醉枪,接着又看了眼拉斐尔的凝集光枪,最后看向不知名的远方。那表情就像忆起了幸福的孩提时光。

杰特屏息注视着矮子的行动。

做出决断后,矮子的动作很麻利,他手里的麻醉枪变戏法似的消失了。

同时,两名男子也终于解除了杰特的坐垫身份。

杰特翻身站起来,走到拉斐尔身旁。

"还好你们改了主意。"杰特这话发自内心。

"改什么主意?"矮子假装不知他在说什么,一脸临死前一定要问个明白的表情。

"很高兴我们能彼此理解。"杰特讥讽道。

"可不是,理解万岁。"矮子夸张地摊起手,"欢迎来到克拉斯比鲁行星!诚迎二位。"

一阵冷风吹过房间中央。

"看来相互理解有点说早了。"杰特在沉重的气氛中低声说道。

"杰特,"拉斐尔说道,"立刻撤退。这里由我看守,你去收拾行李。"

"看来也只能如此了。"杰特摇着头进了卧室。

收拾行李花不了多少工夫,衣物一直都塞在布包里,方便他们随时动身。

杰特右手拿着凝集光枪,左肩背着布包,回到起居室。

"行了,我们走。"他对拉斐尔说道。

"嗯。"拉斐尔看向男子们,"你们,去卧室。"

"慢着。"矮子道,"我们是来帮你们的。"

"那你们刚才的示好倒是非常别致。"杰特指出。

"不想知道我们的真实身份吗?"

"不想。"杰特冷冰冰地答道。

"你年纪轻轻怎么都没点儿好奇心?好奇才是进步的源泉。"矮子批评道。

"不管你们是送葬组合,还是野鸟爱好协会,我都没兴趣。"杰特的语气很强硬。刚才被拧在背后的手腕还一跳一跳地痛,让他无法对这帮人产生好感。

"只有我是送葬人。"矮子拍拍胸脯。

"哦,那你肯定很热心经营吧,你还负责制造尸体?"

"少废话，进卧室。"拉斐尔催道。

"该死。"

男子们被枪口逼着站起来，开始往卧室入口移动。

就在这时，响起了开门声。是另一扇门，也就是通往走廊的那扇。

有帮手?!

杰特紧张地端起枪。

"你们真是成事不足，败事有余。"进来的是名女子。

杰特大吃一惊，竟然是白天的客房服务员。

"你也是跟他们一伙的?"

"没错，我是领导。"她的亚维语比杰特还要流畅得多，"放心，我没带武器。"

"那你并不是这里的工作人员?"

"嗯，不是。"

"说什么'西弗'也是在耍我们?"

"哎呀，那可是真的。"女子气势十足，"真正的工作人员对你们评价很差。"

杰特慌了神，不过立刻又稳住阵脚，"那你白天是来试探我们的吧?"

"对，"她笑脸迎向拉斐尔，"亚维大小姐，你的蓝发都从发旋露出来了。染发要养成好习惯，连发根也要一起染到。"

"感谢你的忠告。"拉斐尔冷冰冰地说道，"你也一并到卧室去吧。"

"别急,先听我把话说完,这事对你我都有好处。"

"如何,杰特?"拉斐尔还臭着张脸,不过稍微多了丝困惑。

"嗯,只是听她说说也无妨。"

"明智之举。"假服务员说道。

"你们先站成一排。"拉斐尔用枪指着窗边。

"真周到啊。"女子留下句赞美,遵从了指示。

"这种状况,会不会让人联想到'枪杀'这个词?"矮子忍不住嘀咕。

"放心吧,送葬人,"瘦子安慰他,"她要有这个心,现在我们的脖子上已经有平整的横截面了。"

"我从前就在想,为什么有道理的话总是让人不开心?"

五个人并排站在窗边,这下杰特二人就能同时监视所有人。

"先做自我介绍吧,你们可以叫我坞尔卡。"

"叫我送葬人就行。当然不是真名,不过伙伴们都这么叫我。"矮子报上大名。

"我是敏。父母给我起的是另一个名字,可我不喜欢,希望你们叫我敏。"瘦子说道。杰特这才发现,他嘴边蓄着胡子,左右分别染成了红色和黄色。

"我是比尔。只要你一说飞车比尔,全城人都知道。"青年说道。

"达斯瓦尼。"大汉嘟囔一声自己的名字。

接着五人就陷入了沉默。

杰特意识到他们在等什么，耸了耸肩，"不好意思，我们不太想做自我介绍。"

"也行。"玛尔卡看起来并不失望，"我记得登记簿上的名字是赛伊·莉娜和赛伊·杰特。"

"对。"

"那就这么称呼你们吧，至少杰特小弟应该是真名。"

玛尔卡耳朵很灵，拉斐尔叫杰特名字时她肯定听到了。

"不过，莉娜并不是亚维的名字。"敏带着试探的目光。

"她的本名要保密。"杰特态度坚决。

"不说姓氏，只是名字都不行？看来这位大小姐地位相当高啊，只说名字都会暴露身份。难不成是史法格诺夫侯爵家的亲戚？"

"要查是你们自己的事。不过，我们不会提供协助，毕竟连你们的来历都不清楚。"

"啊，忘了介绍，"玛卡尔道，"我们是克拉斯比鲁反帝国战线的成员。"

"反帝国？听起来你们并不喜欢亚维。"

"杰特小弟，我们并不讨厌亚维，只是要求独立自主。我们抵制的是帝国的领主制，希望有权以自己的宇宙飞船进行贸易和探险。"

"可是，帝国不可能同意。"

"没错，所以我们才要战斗。"

"同帝国？"

"难不成要跟野鸟爱好协会战斗？"

"而且，你们知道我们是帝国的人。"

"当然，毕竟这位大小姐就是亚维。"

"可是，你们却说是来帮我们的。"

"完全正确。"

"原来如此。"杰特用力一点头。他认识到与玛尔卡等人之间存在无法逾越的鸿沟，于是看向拉斐尔，"话已经说完了，我们也该动身了。"

"别急啊，根本还没说完。"

"太复杂了，我理解不了！"

"没跟你说话，国民。玛尔卡是在跟亚维大小姐交流，跟班别插嘴。"比尔打岔道。

杰特心里直冒火，不过还是选择了默默承受误解。就算他自称贵族估计也很难让人相信，而且就算信了也没什么好处。

不过，拉斐尔并不打算沉默，"此人的意志就代表我的意志，不许轻视他。"

杰特看到比尔眼中闪过一丝嫉妒。

"那么，你们目的何在？"拉斐尔问。

送葬人坏笑着勾起嘴，"希望你们成为人质。"

"杰特，"拉斐尔看向少年，"我们还是动身吧。"

"嗯，我同意。"杰特端着枪，就像套着袋子的猫，开始一步步往后退，"告辞了。很高兴见到你们，让我们不至于无聊。"

"都怪你口无遮拦，害我们被误会了！"玛尔卡戳着送葬人的脑袋，"你们先别走！"

"还有何事交代，抓紧时间，我胳膊已经累了。"拉斐尔下达最后通牒。

"对你们有好处。这样下去，你们会被抓。"玛尔卡语速飞快，"看起来你们完全不了解这个世界的常识，就像参加游泳大赛的骆驼一样格格不入。不过，我们可以把你们藏起来，直到亚维回来。"

"这倒是感激不尽。"杰特也不安起来。目前来看，能得到当地居民的协助是最好不过。"可是，你们不是反帝国战线吗？为什么要帮我们？"

"这还用问，当然是拿你们做交易。"送葬人说道。

"闭嘴，你是出了名的爱把事情复杂化。"玛尔卡呵斥道，"不过，确实就像送葬人说的那样，我们打算拿你们，准确说是拿那位大小姐的人身安全做交换，来和帝国谈条件。难得亚维下到触手可及的地方，要是被占领军抓走可就赔了夫人又折兵。"

"纵使我是皇帝陛下也不可能成为筹码，帝国绝不会……"

杰特知道拉斐尔想说什么，亚维不吃人质这一套。哪怕拿皇帝当人质，仅仅提出微不足道的要求，帝国也不会答应，反而会因为这种卑劣的行径遭到报复。

不过，杰特用手肘捅了捅拉斐尔侧腰，说起悄悄话："别打击他们的积极性，还是让他们以为能够交涉为好。"

"要欺骗他们？"拉斐尔不掩厌恶。

"不能说骗，又不是我们主动灌输这种不切实际的想法。"

"话是不错……"

"认知出现差错是常有的，眼下还是呵护这些人的梦想吧。"

"可是，一旦发现用我们当人质毫无意义，他们或许会气恼，甚至想取我们的性命。人质的下场本就是如此。"

"我并没有真要当人质，就交给我吧。"

"知道我们怎么会注意到你俩吗？"玛尔卡察觉二人的关注重新回到他们身上，立刻像连发短针枪似的滔滔不绝起来，"你们的流言早就传开了。这家旅馆的前台清清楚楚看到了大小姐的长相，笃定说绝对是亚维，哪怕头发是黑色。因为地上人不可能有那么漂亮的脸蛋，而且形迹也很可疑，怎么想都是逃到地上的亚维。前台碰巧是我们的支持者,所以先给我们报了信。可要是有人跟占领军告密,你们想会怎么样?你们或许自以为藏得很好,其实反而等于在敲锣打鼓宣传亚维就在这里。"

"行了,知道了。"杰特抬手打断她,"我们可以跟你们走,只不过有条件。"

"人质还要谈条件?"送葬人瞪大了眼,"你们到底知不知道什么是人质?"

"送葬人,你闭嘴。你们要能好好办事,现在也不至于沦落到这种地步。我们原本可以在交涉中占优势,而不用像这样被人拿枪指着,还要求人来当人质。真是丢脸到家了。"

"玛尔卡,你这么行,怎么不自己上?"

"哎呀,你要让弱女子来演武戏?你就没有一丝的同情心吗?"

"能不能先让我们把条件说了?"杰特怯生生地请求。

"请讲。"玛尔卡道。

"首先,我们不会交出武器。"

"人质还想有武装?!你是在亵渎人质的定义。"

"送葬人,你能不能闭上嘴?!然后呢?"

"我俩随时都要一起行动,不能不经允许拆散我们。"

"可以。还有吗?"

"最后一条,希望你们凡事能提前说明。接下来要往哪儿去，要做什么，都要告诉我们。"

"没问题。既然已经谈妥，那就赶紧撤退吧。"

玛卡尔二话不说就接受了条件，这让杰特有些泄气。

"慢着，先得让她把衣服换了。"杰特指着拉斐尔身上的睡衣。

"我更喜欢这样穿，"拉斐尔说道，"比你买来那件高雅得多。"

"你怎么看？"杰特问玛尔卡。

"怎么看都是睡衣。而且，我们这儿认为穿着睡衣出门非常奇怪。"

"这下你知道了吧？"杰特从布包里取出衣服递给拉斐尔，"去把衣服换了。"

"别拿我当小孩！"拉斐尔气呼呼的，不过还是老老实实进了卧室。

"他当真是伺候贵族大小姐的国民？"比尔质疑道，"态度是不是太随便了？"

"是演技，够有本事的。"玛尔卡简单地打消了比尔的疑问。

"不好意思，其实我还有一个问题。"杰特插嘴。

"什么？"

"你们的计划是以帝国会收复这个世界为前提吧？那要是帝国不回来了，我们会怎么样？"

"你的意思是亚维会认栽?!"送葬人目不转睛地凝视着杰特,"好家伙,这可是我今年听过最离谱的想法了。"

距离史法格诺夫侯国约六千天涅[1]平面宇宙外,尤纽三〇三星系——

六千天涅的距离,快速的联络艇只需约五小时,慢速的运输船行驶七十小时也能抵达。在"门"分布稀疏的伊利修王国,可以说是门对门的距离。

亚维的舰队就在这里。

舰队的旗舰是"凯尔迪朱号"巡察舰。她在建造之初就被计划用于旗舰,舰桥为双层结构。在指挥全舰的舰桥里,高出地面的一层上是司令座舰桥。

在司令座舰桥上,特莱夫·波尔朱·尤布迪尔·雷姆赛尔提督正匆匆踱步。

看来,是"剧情"发展到我喜欢的走向了。

他有着亚维中罕见的壮硕体格,头发呈深绿色。黝黑的脸上鼻梁高挺,十分精悍,让人联想到猛禽。当他说话时,会露出象征特莱夫家的发达犬齿,比起猛禽又更给人猛兽的印象。不过无论如何,共同特征都是凶猛。这名男子就像天生的军人,同所有亚维一样,他也异常俊美,不过狰狞给人

---

[1]. 天涅,作者自创的亚维世界计量方式,平行宇宙中的距离单位。

的印象更深。

司令座舰桥上，聚集着十二名参谋和一名充当幕僚的副官，还有数名司令部要员，一起注视着亢奋的司令长官[1]。

特莱夫本该就座的司令座背后的墙上，挂着三面纹章旗。三面旗呈三角形排列着。位于顶点的是"八颈龙"帝国旗。底边左侧是拉尔布琉布镇守府的纹章旗，虽然也是"八颈龙"形象，不过底色是红色，配着闪电。最后，右侧是特莱夫家族的纹章旗"叹息的雉鸡"。

分舰队司令官以上的官职，才有悬挂纹章旗的特权。

"阁下，'阿多拉斯号'巡察舰带回了最新形势图。"参谋长报告。

参谋长是卡休尔·波特·萨特克·公子·雷梅修千翔长。他与长官正相反，有着亚维典型的苗条体型，头发是随处可见的深蓝色。他的长相在亚维中也属平凡，也就是说，找来一千名地上人男子，最多有一人的俊美程度能与他抗衡。但他随时都是睡眼惺忪的样子，给人留下迷迷糊糊的印象。

"是吗？调出来。"特莱夫颔首，期待能有好消息。

"是。"卡休尔示意其中一名部下。

随即浮现出平面宇宙的立体影像。

"天川门群"中央高密度地带流出的时空粒子流，与"第

---

1. 司令长官，舰队总指挥官，统领各分舰队司令官。

十二环"外缘处"火山"流出的时空粒子流,在史法格诺夫门附近发生碰撞,形成了局部的高浓度区域。

时空泡很难侵入高浓度区域,反之,想脱离却很容易。如果发生机雷对攻,在高浓度区域内布阵会更有利。这就相当于地面战中的高地,所以在平面宇宙图中也被抬高显示。

这片高浓度区域中,时空泡正在集结。这里是防止入侵史法格诺夫门的绝佳位置。

"我舰此次接触,敌军应该也已察觉。"卡休尔开始讲解,"从质量推测,敌军相当于三个分舰队,且明显处于迎击状态,看来并没有离开史法格诺夫主动进攻的意图。"

"相当于三个分舰队吗?果然很少。"报告不出所料,特莱夫笑了,"这就是敌军的全部兵力?"

"恐怕是。假如我是敌军的战略起草人,一定会派全部兵力迎击。"

"有没有切实的情报,而非推测?"

"很遗憾,"卡休尔摇头,"消息的确认离不开中央情报,但恰恰也是现在所欠缺的。情报局甚至没能事先发觉此次进攻,更不可能掌握敌方兵力。"

"情报局吗?"特莱夫语带厌恶,"都是一帮无能之辈,连给猫喂食都无法胜任。"

"阁下,您这话是否有失偏颇?"通信参谋娜索特琉亚副百翔长指责道。她不久前才从军令总部情报局调任至此,老东家受到批评明显让她一脸不快。

"是吗？"特莱夫用拳头抵着下巴，来来回回不停踱步。

他与情报局长官卡修朗修提督存在私人恩怨。起因是很早以前，在翔士修技馆的一个房间里，谈及天蓝色头发的少女时两人发生了争执。自那之后，他们见面就吵个不停。

卡修朗修确实讨人厌，并且无能到极点。让那种家伙肩负情报局长官的重任，简直让人怀疑是军令总部的恶劣玩笑。不过，即便如此，把他的部下也一并归为无能之辈，这确实有失公允。这次情报局难辞其咎，但大部分时间还算称职。

说错了话就要爽快撤回，现在应当收回前言。

"是我失言。"司令长官十分干脆，"情报局那帮家伙正适合去喂猫！"

参谋长面无表情地说道："挺好的，相信情报局也会深感光荣。"

"是吗？那就好。"特莱夫心满意足。

娜索特琉亚带着复杂的表情闭了嘴。

特莱夫抛开情报局，把注意力转回到更重要的问题上。

那么，接下来该怎么做？

现在，他麾下有七支分舰队：

"比鲁迪弗"突击分舰队。

"罗凯尔"突击分舰队。

"瓦卡佩尔"突击分舰队。

"奇提尔"突击分舰队。

"巴斯克·加姆琉弗"打击分舰队。

"弗图内"侦察分舰队。

"阿修玛图修"补给分舰队。

上述再加若干独立战队和直辖舰组成的临时舰队,以司令长官之名命名为特莱夫舰队,其包含约两千一百艘战舰。

特莱夫心里并不满意,认为这个数目不上不下。

而且,这支舰队也没有明确的目的。

拉尔布琉布镇守府得知史法格诺夫侯国遭受攻击,便紧急划给镇守府副长官特莱夫提督七支分舰队,派其出兵。

此行目的之一是侦察,包括评估敌军兵力,探明其意图。

不过,如果仅仅是为了侦察,并不需要多少兵力,大可不必编制舰队,只需交给麾下的"弗图内"侦察分舰队即可。

相反,若是为了夺回史法格诺夫侯国或者阻止入侵,又太过寡不敌众。

看来这是抽到了下下签。航行途中,特莱夫想起了同僚们的面孔。

拉尔布琉布镇守府包括特莱夫在内,有四名副长官。在进行大规模作战或演习时，镇守府的副长官将用于填补司令长官一职。平时他们并不指挥舰艇，不过随时都有幕僚跟随，以防突发事件。毕竟临时调集的舰队照样可以发挥作用，但司令部却并非如此。

从另外三个人里随便选谁都好啊。老实说，特莱夫是一路抱怨着航行至此。

这一路也没碰到预想中的敌军攻击舰队，旅途堪称一帆风顺，还不如演习有紧张感。

其实不难理解，敌军的兵力远远没有能力深入帝国领地，现在全都集中在史法格诺夫侯国。

"能赢吧？"特莱夫向参谋长确认。

"是的。只不过，前提是假定敌军并未隐藏任何兵力。"

"我不喜欢在假定的基础上作战。"

"那要打道回府吗？或者等待增援？"

"这次就先放下喜好问题吧，"特莱夫举起胳膊宣布，"夺回史法格诺夫侯国。"

"是。"参谋们应声立正敬礼。

"卡休尔，制定作战计划需要多久？"

"在此之前，我需要先确认几条事项。"参谋长冷静指出。

"是什么？"

"作战目的是否包括歼灭敌军？"

"我认为，"作战参谋休丽尔百翔长激动地提议道，"应当采取迂回夹击战术。"

"唔……"

的确是充满诱惑的提议。

迂回夹击是大胆的战术。分派兵力绕至敌军后方，断其退路，并且与主力形成夹击之势。一旦成功，就能彻底歼灭敌军。

他们拥有翻倍的优势，就目前形势来看，失败的概率很小。即便敌军逐个击破，帝国照样能占据优势推进战斗。

而且，特莱夫麾下还有"弗图内"侦察分舰队。

如果不熟悉军事，乍听"侦察分舰队"的名字，会以为是轻武装的辅助部队，实际却大不相同。

侦察分舰队的使命是强行探查敌方势力区域。战列舰过于笨重，突击舰又火力不足，都只会碍手碍脚。因此作战部队悉数由巡察舰编成，随行的补给舰也都是巡察舰级别的小型舰船，兼具机动性和破坏力。

侦察分舰队战力之强，被认为五倍于普通的突击分舰队，而且拥趸甚众。狂热信徒甚至主张，星界军的主力编制全都应当采用侦察分舰队。当然，由于性价比低和用途灵活性不足等问题，这一主张难以实现。

可以比作驰骋天际的重骑兵部队——这就是侦察分舰队。

这无疑是最适合进行迂回夹击的别动部队。

特莱夫斟酌了好几秒，最终带着不舍予以否决。"不行。我们的目的并非战斗，而是收复史法格诺夫侯国。这场战争恐怕旷日持久，不能因为无谓的战斗损失舰艇，即便胜券在握。"

"可是……"休丽尔还想反驳。

"烦死了，闭嘴，不准再诱惑我。"特莱夫斩钉截铁地说。

"是。"休丽尔听起来并不服气。

"那就在威吓敌军的同时行军？"卡休尔确认道。

"对。"特莱夫颔首，只是心里还对迂回夹击念念不忘，"采用一横排的阵型夸耀战力，同时缓慢推进。这样敌军多半会后撤。"

"明白，我会照此路线草拟方案。"

"多久能出发？"

"要等待正在执行侦察任务的巡察舰吗？"

"自然不等，就在途中会合。"

"那么两小时内能够出发。"

"少偷懒，给你一小时。"

"好的。"

特莱夫皱起眉。既然卡休尔二话不说就接受缩短时间的要求，那是不是还可以压到更短？不过，后悔也来不及了，

283

谁让他主动定了一个小时。

"行吧，去办。假如一小时后看不到像样的作战方案，我会失望透顶。"

"是。"

特莱夫目送参谋们返回作战室，这才坐上了司令座。

正好一小时后，卡休尔向特莱夫提交了行军顺序以及预定航线。

说来说去，特莱夫还是相信参谋长的能力，几乎没怎么看就批准执行，立刻向舰队下达了指示：

"诸位，接下来我们将夺回史法格诺夫侯国。很遗憾，恐怕不会发生对战。不过，万一能够侥幸进入战斗，期待诸位优美的作战英姿。好了，出发！"

两千余艘舰艇同时喷出驱动烈焰。

# 附录：亚维的度量衡

最能体现亚维与地球纽带的，应该是他们的时间单位。亚维历的一年，也正好是三百六十五天。

当然，他们不需要区分日历年与恒星年，也没有闰年和闰秒。一年永远是三百六十五天，一天是二十四小时，一小时有六十分钟，一分钟又有六十秒。

其他的基本单位，也是沿用地球的遗产。即是说，以赤道长度为标准制定米，以地球重力下一立方厘米水的重量来定义克。

只不过，这些单位都用亚维语表示，每四位数前缀就会发生变化，须注意。

时间（秒）以外的基本单位如下所示。

长度：达珠＝厘米（cm）

重量：伯＝克（g）

这些基单位搭配以下前缀，就表示计量单位。

| 规模 | 前缀 | 长度 | 重量 |
| --- | --- | --- | --- |
| $10^{20}$ | 德利阿尔 | 1000兆km | 100兆t |
| $10^{16}$ | 特 | 1000亿km | 100亿t |
| $10^{12}$ | 泽萨 | 1000万km | 100万t |
| $10^{8}$ | 赛 | 1000km | 100t |
| $10^{4}$ | 威斯 | 100m | 10kg |
| 1 | | 1cm | 1g |
| $10^{-4}$ | 歇斯 | 1μ | 0.1mg |
| $10^{-8}$ | 索瓦夫 | 1Å（埃格斯特朗） | 0.01μg |
| $10^{-12}$ | 科斯 | 10Y（汤川） | |
| $10^{-16}$ | 佩塔 | 0.001Y | |

因此，三泽萨达珠就表示三千万千米，八百威斯伯意思是八吨。不过，亚维也很爱用光秒、光年这种长度单位，泽萨达珠以上的长度单位则很少使用。

此外，亚维还有以普朗克长度和普朗克质量为基础的微小单位系统，这里暂不讨论。

那么，既然普通宇宙的物理法则并不适用于平面宇宙，就需要另一套单位系统。这就是天浬（凯德雷尔）和天节（迪古尔）。

一天浬定义为"以时空泡内时间计算，完全移动状态下，一赛伯（一百吨）质量的时空泡一秒内能够移动的距离"。而一天节则表示"以时空泡内时间计算，一小时前进一天浬所需的速度"。

# 后记

我曾经读到过，罗伯特·欧文·霍华德是把柯南对他讲的故事原封不动写下来，结果成就了那个英雄奇幻的古典系列。

我是不相信这种玄乎说法的，所以只当是在讲不经意间成就伟大的一个段子，不过还是非常向往。当时我只是个学生，很羡慕这种经历，心想有朝一日我也要写科幻，亲身去体验一下。关键是，感觉很开心。

然后，日月流转，我总算成功发表了第一个短篇。就在这时，事情发生了。

当时我正一个人孤零零地望着酒瓶冥想，一位不到二十岁的美女翩然而下。她的头发是深幽的森林色，戴着精美的头冠，灵动的漆黑双眸俯视着我。

"运气太好了。"我心想。毕竟我是个健康男性，比起邋遢的肌肉硬汉当然更喜欢年轻动人的美女。

我立刻打开文字处理机，准备听她讲故事。

我问道："不好意思，能先告诉我你的名字吗？"美女骄傲地扭过头，命令道："就叫我拉斐尔吧。"然后……就消失了。"喂，重点是故事啊?!"我追问道，可是没人回答。我唯一掌握的，就是留在脑海里的"拉斐尔"这个名字，以及她给人的强烈印象。

即便如此，我还是想写写她的故事。不过，像我这种初出茅庐的写手，怎么驾驭得了现在这个拉斐尔？所以，我打算从她的少女时代写起。当然，少女并不一定就比成年女性好写，不过凡事都有先后顺序。

至于相不相信这种离奇的经历，是你的自由（笑）。

不过，时不时地会发生一些事，让我忍不住怀疑"难不成这些人真的在我脑子里吗？"

比方说这部第二卷吧，有个杰特和拉斐尔一起走路的场面。

拉斐尔气呼呼的。可是呢，连我这个作者也不知道她在气什么。因为我的视角已经跟杰特同化了，所以只知道她在生气。

"这姑娘到底在气什么啊？明明平时有什么看不顺眼的都会直说。"我会像这样和登场人物一起犯难。

不过，如果站到拉斐尔的视角，她为什么生气就一目了然。原来如此，按她的性格这时确实会生气。

这是非常奇妙的体验。

好了,有个词叫"失速",这第二卷相对来说确实感觉有些平淡。不过,其实作者最喜欢的一幕就在这一本里。至于"是哪一幕",说了也没意思,我就不说了。

下一部《回归异乡》就是最终卷了,不仅是故事的最高潮,登场人物也会增加,非常热闹。
敬请期待。

1996 年 4 月 10 日